보석 같은 순결

김영길 제4시집

시음사
시사랑음악사랑

제목 : 깨끗한 표상
시낭송 : 최명자

 제목 : 어머니
시낭송 : 박영애

 제목 : 꽃이 되고 싶다.
시낭송 : 박영애

 제목 : 천연의 학문제도
시낭송 : 김이진

 제목 : 보석 같은 순결
시낭송 : 최명자

 제목 : 하늘과 땅의 조화
시낭송 : 박순애

 제목 : 스승님과의 이별
시낭송 : 박영애

 제목 : 핵 같이 반짝인다
시낭송 : 박영애

 제목 : 아버지
시낭송 : 박영애

 제목 : 황금은 흑 사심
시낭송 : 박태임

시인의 말

사람이 말로 자신의 생각이나 느낌을 표현하고자 하는 것은 본능에 가까운 욕구인데 문학의 창작 역시 이러한 표현 욕구에서 비롯된 것입니다. 문학 작품을 창작하는 가장 기본적인 태도는 문학 작품을 쓰는 것을 두려워하지 않고 지속적인 노력을 기울이는 데 있다고 생각을 합니다.

문학은 말과 글 즉 언어를 수단으로 하여 작가 자신의 경험과 생각과 느낌을 주관적으로 표현하는 언어의 예술이라고 생각을 합니다. 문학을 창작(생산)하고 수용(독자)하는 것 자체가 작가와 작품과 독자를 잇는 소통 활동의 일환이라고 할 수 있습니다. 문학의 역할은 상상력과 감수성(감정)을 신장시켜주고 소통 능력을 길러주고 다양한 가치를 촉구하면서 독자들로 하여금 공동체의 중요성과 역동성을 이해하고 함양을 해 주는 것이라 생각합니다.

문학은 언어를 매재(媒材)로 하여 음악이 음향예술, 미술이 형상예술임에 비해 문학은 언어 예술에 해당하는데 문학에서는 언어를 예술적으로 가다듬어 다의성을 바탕으로 사용하는 것일 것입니다. 문학 작품을 읽는 독자들은 일차적으로 독자이지만 작품에 적극적으로 새로운 의미를 부여하고 재창조하면서 작가와 대등한 자격을 가지게 되는 것이 아닌가 생각을 합니다. 색다른 생각을 가지고 글을 쓰는 문학인도 있구나 하고 새로운 측면에서 기억을 해 주시면 감사하겠습니다.

2017년 7월 일

시인 / 수필작가 / 소설가 **김영길**

♣ 목차

♣ 목차

♣ 목차

♣ 목차

햇님

햇님은
새해 첫날 이 땅에
사랑의 광명의 빛을 주시고자
바닷물을 끓이며 뚫고
용광로 불덩이 홀로 앉고
솟아올랐다.

햇님은
인간들아 나를 닮아라.
해맑은 얼굴로 말씀하신다.
서로가 미워하지 말고
사랑을 베풀라 하신다.

햇님은
죄 지은 자 착한 자
가난한 자 부자
바보나 박사나
차별 없이 빛으로
사랑을 베푼다 하시며
나를 닮아라.
당부하신다.

산소

산소야
너는 보이지도 않고
만져지지도 않아
대화도 못 하지만
귀한 소중한 존재다.

네가 없으면 지구가
진공상태로 생체나
생물과 생명체가
존재할 수가 없단다.

너무나 고마워서
너를 부둥켜안고
춤이라도 추고 싶은데
형체는 없는데

네 몸의 존재 가치는
참으로 귀한 생명의
은인인데 그 고마움을
잊을 때가 너무 많구나!

자연과 살고파

자연과 더불어 산속의
숲에서 나무들과 아름다운
목소리로 지저귀는 새들과

졸졸졸 흘러내리는
물소리 들으며 음악을
감상하고 그 곡조 따라
춤추며 살고 싶다.

포근한 날씨에 따뜻한
봄 햇살에 산나물 뜯으며
산속의 이름 모를 새들의
노랫소리와 곤충으로 태어나

새들의 먹잇감으로 숨어 살며
서러워 우는 풀벌레 노랫소리로
슬픔을 고하는 그들에게
친구가 되어 바람과 구름과
같이 흘러가며 살고 싶다

꽃과 인생

새 생명 탄생을 축하 때
꽃을 한 아름 안겨준다.

백일 때 돌 때 입학할 때
졸업할 때 결혼할 때
승진할 때 시험 합격 때
모두 꽃다발로 축하한다.

내가 사랑하는 사람이
꽃일 때 그 꽃을 보고파
견딜 수 없다.

꽃과 사랑과 사람은 언제나
한결같이 아름다운 인연이기에
땅속에 묻히는 관 위에도
꽃으로 장식해 주는 것 같다.

꽃이 되고 싶다.

내가 꽃이라면 좋겠다.
나를 보면 아름답다
예쁘다 향기를 맡아주며
행복해하며 즐거워하니까

꽃에서 품어내는 향긋한 향기
달콤한 향기 아름다운 순결
신성한 향기 꽃다운 소녀같이
청순하고 맑고 아름다우니까

아름다운 장미꽃은 너무 고와서
얼굴은 비단같이 부드럽고 꽃 중에 꽃
가시덤불에 피어 있어도 아름다운
미모에 이끌려 가시는 보이지 않으니까

날마다 보면 볼수록 아름다운 꽃
내가 꽃이라면 정말 좋겠다.
꽃에서 내 품는 사랑의 향기
마음도 편안하고 세상 사람들이
꿈속에서 꽃 본 듯이 좋아하니까

제목 : 꽃이 되고 싶다.
시낭송 : 박영애
스마트폰으로 QR 코드를 스캔하면
시낭송을 감상할 수 있습니다.

배꽃

하늘에서 선녀들이 내려와
배나무에 앉으셨나 봐

배나무 가지마다
하얀 비단옷을 벗어 놓으셨나 봐

산새들아 들새들아
지저귀지를 말아라. 선녀님들 떠나가실까 봐

선녀님의 귀한 발걸음 너무 기뻐서
노랑나비 호랑나비도 춤을 추는가 봐

배꽃이 떨어지면 춤을 추던
나비들이 떠나면 선녀님들 하늘나라 가시는가 봐

손녀 꽃

십 년이 넘어도 시들지 않는 꽃
꽃이 되어 나타난 귀한 생명의 꽃
봄에 피는 꽃들은 열흘이 되면
모두 시들어 떨어져 꽃잎들이
봄바람에 흩날리며 사라져 가지만

꽃 중에 꽃 내가 항상 바라만 보아도
예쁜 손녀의 아름다운 향기 나는 꽃
눈을 감고 있어도 멀리 있어도 보고 싶은 꽃
꽃 중에 꽃은 손녀 꽃이 제일이로다.

뱃속에서 새 생명이 탄생하여
눈 감은 모습도 너무나 예쁘고
아름답고 손과 발을 놀리며 하품을 하고
율동 하며 배고프다 옹알이하고 생동하는 꽃

온 집안에 웃음의 함박꽃을 피워주고
가정에 행복의 보금자리를 빛내주며
하루하루 성장하는 생명의 꽃
사람이 꽃보다 아름다워 란 그 말
손녀의 꽃이라 자랑하고 싶다.

나무 잎사귀

뒷동산 잔설은 아직도 녹지 않았는데
자연은 나무 잎사귀가 나올 눈에
침(針) 바람으로 타전(打電)을 쳐서
눈을 찢어 놓으면 잎사귀가 나온다.

때 이른 봄비에 섞여 내린 성령의
생수를 먹고 일제히 단거리
경주라도 하듯 푸른 옷으로
봄단장을 하더니 강렬한 여름의

땡볕을 견뎌내며 햇님의 일광 속에
잎사귀로 숨을 쉬며 영양을 듬뿍 받아
뿌리에 저장하여 땅속의 영양분과
합류하여 나무 기둥과 가지에 살을 찌우고

어느덧 싸늘한 가을바람에 나뭇잎은
울긋불긋 색동 치마저고리 갈아입고서
새색시 연지 곤지 찍고 단장 하더니
겨울의 찬바람에 서러운 눈물 흘리며
옷을 벗고 한천(寒天)이 서러운 나무 잎사귀!

도자기를 바라보며

도공(陶工)의 혼과
정성이 함축된
예술의 가치가
흙 속에 담겨 수 천도의

장작 가마에서 살아남은
아름다운 도자기는
만인 앞에 사랑받는
인물로 변하였건만

인간은 흙만도 못한
가치 없는 보잘것없는
인생의 흔적만 남긴 채
수 천도의 고열에서

이승의 온몸을 불살랐건만
한 줌의 골분의 재가 되어
균으로 사라져 가는구나!

백로(白露)

천지조화의 계절은 벌써 이슬 절기를
아름답게 부르는 백로를 맞이하여
가을이 깊어 가고 있음을 알려주는 듯
새벽 뒷동산 오솔길에 귀뚜라미 소리와
이름 모를 풀벌레 소리가 합창으로 들린다.

숲이 울창하여 우는 모습을 관찰은 못
했으나 울음소리가 쓸쓸하게 느껴지고
한 세상을 마감하려는 듯 슬픈 곡조로
들려만 온다.

길가에 서 있는 백일홍과 코스모스 꽃은
아침 인사를 하며 꽃단장의 미모의 얼굴에
미소를 띄우며 오고 가는 사람들의 마음을
즐겁게 하여 주는 것 같았다.

추석을 한 주일 앞둔 명절의 코앞에
다가선 꽃들이 추석을 맞이하는 인간들의
행사에 꽃다발로 축하를 해 주고 싶은
심정인가 보다.

산정호수

높고 푸른 하늘 아래
맑고 맑은 호수
산을 닮아 푸른 물결
잔잔하고 고요하구나!

만무봉 산자락에 호수가 이어지고
망봉산과 명성산이 마주 보며
서로가 응시하며 맥박이 튀니
정기가 동하고 정기가 통한즉
명기가 작용하여 힘의 균형을
유지하는 구나!

호수의 둘레길 소나무들도 푸른 물결과
입맞춤 하고파 호수 쪽으로 누워있고
오색 단풍잎은 아름다운 호수에 몸을 던져
하늘을 바라보며 두둥실 물결의 장단에 맞추어
귓속말로 속삭이며 흘러만 간다.

천지조화의 변화의 흐름 따라
봄여름 가을 겨울 사색의 아름다움을
마음껏 발산하는 산정호수야!

너를 보기 위해 너를 사랑하는 전국의
관람객들이 끊이질 않으니 시골 산중에
살지만 외롭지 않겠구나!
나도 네가 보고 싶을 때 다시 한 번
문학 탐방 기행을 올까 하노라.

소설(小雪)

계절은 소설을 지나 매서운 바람이
가슴속을 파고 들어온다.
오늘 새벽 아침도 인자한 햇님은
천지일월 광명이 밝고 따뜻한 웃는
얼굴로 나타나시었다.

이 영광된 공간
이 즐거운 공간
이 기쁜 공간
이 찬란한 공간
이 무한한 공간

이 공간에 피조만물이든지
삼라만상에 나타난 형성이든지
성분의 찬란한 요소의 조화든지
학문의 제도로 이루어진 과학이든지
햇님의 광명이 없으면 볼 수가 없다.

기법에 의한 창설

천심의 천정이라 함은
조물주께서 독창을 하셔
창작을 해서 창조와
창극을 열고 발사하여
산과 들을 만들어 놓았다.

창극의 창설
창조의 창설
독창의 창설
조화의 창설
그림 그릴 때 기법의
창설처럼 장을 펼쳐 놓았다.

그 설계도의 구조와
규격이 조립되어
산과 들이 좌청룡 우백호가
명기와 정기가 전류와 전력이
흐르고 돌아 맥박이 튀고
그 힘 속에 인간도 상대조성하며
존재하니 이것이 천정이다.

균형의 조화

태양이 생동하는 힘 속에
인간이 살고 태양이 지구를
싸고돌아서 균형의 조화 속에
사람을 살게 하기 위해서 산과
들을 펼쳐 놓았다.

산과 들의 명기가 작용하니
명기가 동함으로써 명기가
맥박이 튀고 정기도가 작용하니
정기전도가 동하고 정기의 전류와
전력이 사람 몸에 피가 돌듯이
돌아간다.

사람의 몸에 구조처럼 만들어진
이 안에서 식물이나 태양이나
진공, 바람, 공기 산소를 창조해
놓았으니 천정 속에서 인간도
상대 조성하며 존재하고 있다.

과욕은 헛됨이라.

근원의 원심의 천연의 천륜
그것은 바로 내체가 이루어진 세계
영원히 생동감이 끓어 넘치는 것
천심은 천정의 세계다.

이러한 천정을 고마워하며
광대 광범함을 생각하며
항상 기쁘고 즐거운 마음으로
살면 늙지를 않으련만

인간은 돈만 정신없이 쫓다가
걱정근심을 스스로 만들어
매일 오만상 누비다가
돈이란 한계가 있는데
내 분수에 넘치는 과욕을
탐내다가 늙어 버리는 것 같다.

천연의 학문제도

천지간 만물지중이 모두 원심의
내용에서 나타나 무언무한하게
활동하는 것과 흐르고 도는 것과
모든 이치와 의미가 완벽함은
곧 진리체로 되어 있음이라.

공간에 이루어진 궁창의 궁극의
목적이 분명히 조물주의 함축과
뜻이 있는 곳에 무한한 영광과
영광도가 완벽함으로써

천연의 학문의 제도로 이루어진
힘의 전류의 전력이 흐르고 도는
것과 같이 힘에서 이루어진 그
힘들이 살아 활동하고

생명은 역을 지니고 생명의 요소와
또한 생명선과 생명체가 상대를
조성하며 천지간 만물지중을 거느리고
다스리며 무한히 사랑할 수 있는
권위에 권세가 완벽하도다.

제목 : 천연의 학문제도
시낭송 : 김이진
스마트폰으로 QR 코드를 스캔하면
시낭송을 감상할 수 있습니다.

나들이 길

휴일 나들이를 위하여 무심코 길을 나섰다.
매일 장미꽃이 있는 길옆을 지날 때면 꽃의
향기를 맡으며 너 참 예쁘다 말하면서 너의
진한 향기에 마음이 상쾌하다고 인사를 했었다.

오늘은 다른 생각에 몰두하다 그냥 지나가는데
나 오늘 새로운 모습으로 얼굴을 단장했다고
내 얼굴 보고 가주기를 간절히 소망했는지 나는
그만 뒤를 돌아보니 꽃길을 지나치고 있었다.

밤새 아름다운 예쁜 꽃을 피우기 위해 밤이슬
맞으며 세수하고 샴푸하고 햇살이 비치면서부터
사람들의 시선에 아름다움을 자랑하고 싶었는데
그냥 지나치는 것이 얼마나 서럽고 서운했을까

쌀쌀한 가을 날씨에 국화꽃이 만발하면 그 세력에
밀려날 처지인데 마지막 가을의 장미꽃의 면모를
한없이 보여주고 아름다운 이미지를 남겨 줘야
국화꽃의 세상에서도 장미꽃 나를 잊지 않으리라.

결실

엄동설한이 지나고
새 소망의 새봄을 맞이하여
마음 설레는 봄바람의
간지러움과 촉촉한
봄비만으로 오곡이 무성히
자라고 열매가 익어가는 것은
아닌가 보다.

연약하고 가냘프게 피어난
새순이 세찬 폭풍우를 견디며
튼튼한 가지로 성장하듯이
새봄에 태어날 준비를 하는
새싹에게 있어 태풍과 소나기는
열매를 향한 결실의 밑거름일 것이다.

구름 밑은 언제나 흐리고 비바람에
얼룩지더라도 구름이 걷히고 나면
밝은 광명이 맑고 깨끗하며 온화한
평화의 햇빛이 흐르리라.

폭염에 웃는다.

사람의 체온과 동일한
중복의 더위가 숨쉬기
힘들 정도로 연속됨에 따라
사람들의 신체리듬에
비상이 걸렸다.

이 와중에도 들판의 벼들은
뜨거운 태양의 열과 찜질하는
더위에 함박웃음을 지며
날씨에 감사함을 표시한다.

이 같은 폭염에 쑥쑥 성장하여
다가올 가을에 풍성한 열매를
맺도록 나를 키워준 농부에게
풍년의 기쁨을 주고자 충분한
영양을 섭취하는 것 같다.

안다는 것

안다고 하는 것은 확실히 자기가
보고 몸소 느끼고
피부로 느끼고
육으로 느끼고
정신으로 느끼고
볼 수 있는 암기가 필요하다.

우리의 내적인 정신은 눈은
아니지만 눈으로 보는 것보다
더 밝다.

육신의 정기는 수정체 동공이
만물의 형상을 거둬 넣는 동자지만
그보다 더 깊고 광대 광범한 것이
정신이다.

정신 문을 열고 마음 문을 열어
육신과 일치되어서 일심정기가
우리 몸에서 어떻게 이루어져
간다는 것을 알게 됨으로써
정서적 자유를 얻을 것이다.

어머님

어릴 적 어머님 품속에서 자라던 사랑의
그리운 보금자리를 잊을 수 있나

고뿔이 들어 머리가 불덩이가 되면
밤새 찬물에 천을 적시어 식혀주시느라
잠 한숨 못 주무시던 사랑의 손길이
일흔 넘은 나이에도 그리움이 스쳐온다.

어머님 물동이 이고 물 긷던 골목길
내 눈에 지금도 훤히 보인다.

어머님 힘드실까 땅 긁히는 물지게를
지고 물을 길어 커다란 항아리에 가득
채웠던 어린 꼬마 아들은 벌써 일흔이
넘은 나이가 되어 어머님 하늘나라 가실 때
보다 더 오래 살고 있나 봅니다.

아침부터 해질 때까지 논밭에 김을 매고
밤이면 길쌈과 씨름하며 모시를 이빨로
가르고 쪼개어 무릎에 침을 발라 실을
꼬아 이으셔서 검게 튼 손으로 베틀 북으로
오락가락 천을 짜서 여름옷을 만들던
어머님의 손 맵시가 눈앞에 아른거린다.

빛바랜 미풍양속

자연을 지형으로 옹기종기
모여 살던 그 옛날은
동네 전체가 한 식구같이
서로 도우며 품앗이하며
정과정이 통하는 아름다운
진솔한 모습이었다.

콩 한 조각도 나누어 먹는
애정으로 개떡 하나라도
옆집 건넛집 골목집까지
나눠 먹던 우리 민족의 인심과
정서는 빛바랜 옛말인가?

이웃사촌이란 옛 시골 정서의
아름다움은 생활 형성의
구조에 따라 도심 아파트에
사는 오늘날은 옆집 이웃집

이름 성도 모르고 엘리베이터를
타고 내려도 무관심 속에
미풍양속의 전통적 정서는
옛말이 되어가는 것 같다.

입추

계절은 입추라 가을에 들어선다는
말이 무색할 정도로 날씨가 사람
체온에 가까운 온도를 가리킨다.

사람들은 냉방기를 틀고 시원한 그늘을
찾아 해변으로 계곡으로 더위를 피한다.

하지만

사람들이 가두어 사육하는 동물들은
찜통 같은 사육장을 벗어날 방법이 없어
닭과 오리 돼지들이 폐사되어 나간다.

살인적인 더위가 언약한 노인들도
온열병으로 죽게도 하고 가축들도
생명을 앗아 가는 것을 보고 있는
인간도 환경의 지배를 받는지라
어찌할 바를 몰라 당황하고 있다.

아무리 사나운 폭염도 계절의 운세 따라
불어오는 가을바람이 불어오면 쫓겨 갈
것인즉 발걸음을 재촉하였으면 좋겠구나!

빛바랜 내 얼굴

내 얼굴 보고파
맑은 시냇물을
거울삼아 들여다보았다.

젊음의 피가 용솟음치던
힘과 그 옛날 그리운
예쁜 얼굴 되돌아보고자
살펴보았다.

얼굴의 두 볼이 반들거리고
부드럽고 둥글하던 눈동자
살결이 촉촉하던 그 멋진
색깔은 어디에 숨겨져
놓았는가?

이마의 나이테는 주름이
그어져 있고 찌그러진 눈까풀에
머리는 새치가 듬성듬성
파뿌리를 심어 놓았나 보다.

흰 머리카락에 허벅다리는
새 다리가 되어 가늘어도
내 마음의 얼굴은 빛바랜
얼굴이 안 되기를 바랄 뿐이다.

씨앗

씨앗 속에는

알찬 알곡의 생명이 살아 있어
땅에 떨어지면 새싹이 돋고
꽃피고 잎이 무성하여
열매를 맺는다.

씨앗 속에는

내일의 희망과 미래의
꿈을 꾸며 무한한 조화의
핵심의 진가가 압축되어
그 힘이 폭발 확산 확장되어
풍성한 열매를 맺는다.

씨앗 속에는

신비한 무궁한 희망이 있어
사람들은 귀하게 간직하고
굶주림 속에서도 그를 먹지 않고
소중히 여기는 것은 미래를 위한
약속이 분명하기 때문일 것이다.

억울한 죽음

무더위가 사람의 체온보다
높은 40도라 폭염 주의보
발령하고 사람도 온열병에
사망 사고가 발생하거늘
가축들은 떼죽음 당하는
살인적 더위이다.

사람은 자유롭게 더위를 피할 곳에
갈 수 있지만, 가축들은 사람들이
가두어 놓은 울안에서 철조망과
담을 넘어 도망갈 수 없어
숨 막혀 폐사하는 것이리라.

푸른 초원과 숲속에 사는 자유로운
날 짐승과 동물들은 마음대로
그늘과 물을 찾아 더위를 피해
살 수 있는데 축사 안에서의
가축들의 죽음은 바로 사람들
때문에 발생하는 억울한 죽음이다.

아버지

아버지 우리 아버지 소리 질러 목메어
불러 봐도 아버지 대답의 음성은
들리지 않고 허공의 메아리 소리만
요란스럽게 하염없이 들려옵니다.

아버지 떠나실 때 우리를 보시고
하고 싶은 말씀 많으신데 말씀이
나오지 않아 눈으로 바라보시던
그 모습 생각하니 눈물이 납니다.

아버지가 승천하신 후 이제는
아버지라는 이름을 부를 수 없는
현실이 너무나 슬픈 생각이 들며
자비하신 그 위엄이 그립습니다.

봄비가 보슬보슬 내리면 우산이
되어주고 천둥 번개 소나기 내리면
지붕이 되어주고 태풍이 불어오면
방파제가 되어 막아주시던 아버지

우리 집 대들보 거목이 되어 주시던
아버지 8남매 열 식구 굶기지 않으려고
꼭두새벽부터 논일 밭일 허리 펼 사이
없이 일하시며 얼마나 고달픈 생애의
노정을 걸으셨나이까?

아버지 떠나신 첫 기일을 맞이하여
한없이 높고 높은 아버지의 존재를
한없이 그리며 아버지라고 하늘을
향하여 소리 높여 애타게 불러봅니다.

제목 : 아버지
시낭송 : 박영애
스마트폰으로 QR 코드를 스캔하면
시낭송을 감상할 수 있습니다.

칼국수

한 알의 밀알이 늦가을 땅에 뿌리를 내려
엄동설한의 눈보라와 살을 베에 내는 고통을
이기고 천신만고 끝에 살아남아 새봄을 맞아
성장하여 보리 망종에 풍성한 알곡이 되었다.

나는 알곡이 되어 다시 땅에 내려 새 생명으로
많은 자손을 번성하려 하였으나 나를 방앗간
기계 분쇄기 속에 집어넣어 형체는 오고간데
없고 곱고 고운 백색가루가 되어버렸다.

사람들은 나는 지은 죄도 없는데 물을 섞어
손으로 반죽을 하고 주먹으로 내리치고 심지어
홍두깨로 밀어대어 종이처럼 일정한 두께로
만들어 내더니 칼로 나를 난도질을 하여 펄펄
끓는 물에 매운 양념을 섞어 넣어 칼국수란
이름으로 바꾸어 밥상에 올려놓았다.

손으로 반죽하고 늘려 칼로 썰었다 하여 손칼국수
나는 칼로 난도질당한 상처가 쓰라린데도 거기에
청양고추 양념간장 마늘 양념들이 나에게 합류되니
그 독성에 완전히 실신이 되어 삶의 용기를 잃었는데

사람들은 맛있다고 감탄을 하며 좁은 입으로
목구멍을 통해 위장 소장 대장을 통과하여 인간들의
영양소로 산화되어 일생을 마감하게 되었다네!

지구는 섬이다.

천지자유가 학문의 제도로써 완벽하게
증거로 나타나 있다.

우리는 이 지구 섬에서 살고 있고 있는데
그 물은 더하지도 덜하지도 않고 그 창파가
물이 없으면 안 될 상황이다.

그 물을 보면 감사하고 감격스럽고 너무나 고맙다.
자연의 법칙을 보면 조물주님께서 천지를 발사해서
발생된 모든 이치와 법도가 어쩌면 소나무와 모든
갖가지 과목들이 체계로 이루어져 있다.

벽상을 이루어 놓은 무한한 장관의 멋들어진
명성을 일으켰는데 너무 너무나 장관이 멋들어진
명성에 명예를 떨쳤더라.

높은 곳에 올라가서 물이 어떻게 항아리처럼 되어서
그 모습을 들여다보면 나쁜 마음이 활짝 열리는 것
같고 깨끗해진다.

자기 소망만 바란다.

수도인들이 기도하는 사람은 자기 소망이나
바라고 내가 뭘 알아서 하나를 발견해야지
이런 검은 마음으로 하니까? 하나님과 통할 수가
없고 그 마음속에 역사 할 수가 없다는 것이다.

내가 병을 고치는 능력을 받아야지 그야말로
위대한 사람이 되어야지 이 세상에 뛰어난
소리를 해 가지고 내가 주가 되어야지

이런 좋지 못한 용기와 욕망을 가지고 있으니
조물주 하나님이 실려서 그 몸에 역사 할 수가
없다는 것을 알아야 한다.

수도인들은 둔갑술 하려고 하는 욕망에 빠져서
하니 조물주님과 가까울 수 없고 어떻게 천지
운세를 알 수가 있겠는가 말이다.

지극정성 열심히 하면 별자리나 알고 어느 방향으로
바람이 불어 어떠하다는 것이나 알지 조물주의
학문은 알지를 못 하는 것이다.

춘하호걸

서산에 해는 저물어 가고 갈 길은 바쁜
인간의 모습이다. 돈의 노예가 되고 세월이
흘러가고 보니 춘하호걸이 되면 늙고 병들고
하면 죽을 수밖에 없는 처지다.

성 쌓고 남은 돌은 차 버리니 남은 돌이 되지 말자.
입이 왜 생겼나 입이 있으니 먹게 되고
코가 있으니 냄새를 맡고 눈은 보게 되어 있고
사람이 결백하면 진실하고 진실에서 현명한 것이
나타난다.

진실과 현명과 결백이 일치가 되었을 때 분명히
귀함이 나타날 것이다. 세상의 노래도 가는 세월
잡을 수가 있느냐고 하는데 운세가 딱딱 오고
인간의 철학은 딱 맡겨져 있고

조물주의 천정의 천륜의 정을 믿고 의지하고
충성을 다하는 자는 영광을 얻을 것이요
어둠 속에 빛이 있으나 어둠은 빛을 발견치
못 하지만 그 어둠이 비칠 지혜가 있어서

빛을 발견했을 때 능력자가 되고 현명한 자가
되어 분명히 현재 현실에 나타나 있는 것을
알아야 할 것 같다.

자연 농원

올바른 정신과 정성으로 천문지리 진전의
운세를 알았을 때 그 사람은 현명한 현인이다.

미개한 무지에서 떠나 현명하고 완벽하고
실존의 실존님을 잘 받들어 나갈 때 현명한
길을 조성할 수가 있다.

현명한 자는 구름을 보고 바람이 불어옴을 알고
나무가 서로 말하는 것을 알고 식물과 대화하고
화답하고 동물과 화답하고 자연농원에 가면

호랑이가 이렇게 갇혀있는 신세가 되었다고
슬픈 눈물을 흘리고 구렁이는 몸은 흉측하지만
자기는 지혜가 있는데 이런데 와서 숨어 산다고

항의를 하는 그런 것을 알아야 하고 새들은
날아가는데 먼 곳에 날아가지 못해 거미줄 같이
되어있는 그 안에서만 나를 수 있으니 날개를

활발하게 펴지 못함을 보고 참 답답하겠구나!
이렇게 말할 수 있는 느낌을 느낄 수 있는 자가
되어야 할 것 같다.

불효의 후회

아버님은 8남매를 추워할까 더워할까
애지중지 진실하고 진솔한 사랑으로
감싸주시며 힘든 농사일을 감당하시며
못난 자식들을 위한 희생을 하셨습니다.

아버님은 혼자서 열 식구를 품 안에 품으셨는데
8남매는 아버님 한 분을 편안히 모셔드리지
못한 불효를 저질렀음을 고백하오니 넓으신
아버님의 사랑으로 용서해 주시길 비나이다.

가지 많은 나무에 바람 잘 날이 없다는 말대로
못난 자식들 때문에 속히 타들어 가는 근심과
걱정이 바람 잘 날 없던 우리 형제들의 과거를
더듬어 보니 죄송한 맘 금할 길 없나이다.

아버님 떠나신 후 저 하늘을 향하여 아버님을
소리쳐 불러 봐도 대답을 들을 수 없고 생전의
그 모습을 떠올리며 그리운 보고픈 마음을
가슴에 안고 못다 한 불효에 대한 제 마음을
꾸짖어 봅니다.

잡초

너는 장미꽃
나는 잡초다.

너의 아름다운 모습 보고 싶어
네 옆에 뿌리를 내려 살았는데
너의 양분을 빼앗아 먹고 산다고

나는 잡초라고 사람들이 뿌리채
뽑아 말라 죽는 신세가 되었다.

잡초라는 신분은 예쁜 꽃과 같이 있으면
천덕꾸러기 이름도 성도 없는 잡초란
신분으로 태어난 죄 밖에 없는데
나는 외롭고 쓸쓸하고 고독하구나.

나도 예쁜 꽃으로 태어났으면
사람들이 어루만져주는 사랑의
기쁨에 살맛이 나는 세상에서

태어난 빛을 볼 수 있는 영광과
기쁨이 있으련만 잡초란 천한
신분 때문에 짓밟히는 가운데 살아
가야 하는 내 신세가 한없이 처량하다.

나는 잡초들이 뭉쳐 사는 집성촌에
영원히 살 수 있는 서식지를 찾아야
오래 살 것 같구나.

정치가 정의롭지 못하다.

지구 공간에 피조와 만물이 소생하고 화창하고
절기 따라서 딱딱 이루어진 조화에 환경이
조물주님께서 우리를 무한히 사랑하신단 사실이다.

더도 말고 덜도 말고 열흘만 물을 못 마셔도 물이
참 귀하다 할 것이요, 빛도 더도 말고 딱 한 달만
캄캄한데서 살 수 있는가? 이렇게 빛과 물과 모든
영양소를 주셔서 갖가지 과일과 깊은 산에 가면
과일 달린 것 임자 없는 것 따 먹어도 누가 말하는가?

조물주님은 공적의 공의 공급의 사랑으로 우리가 먹고
살 수 있게 모든 것을 이루어 놓으셨다. 이렇게 해
주셨는데 자기 소원만 빌어대는 것은 어리석은 것이요
너무 기가 막힌 일이다.

좋지 못한 마음 오기 같은 마음으로 그 야망에 찬
마음으로 빌어대면 야망밖에 안 보인다. 욕심을 부리기
때문에 상관을 안 하신다는 것을 깨달아야 한다.

이 세상 정치는 공의라는 말은 거창한데 사실은
공의롭지 못하다. 저 높은 푸른 기와집에 있는 분들이나
국회의원 이런 분들이 그 감투싸움만 하고 자기를
위주해서 자기 명예만 세우려고 인간들이 죽음 걸고
가는 것은 조물주 하나님과는 상관이 없는 일이다.

봄이 좋다

해운 년이 바뀌면
나는 너를 기다림의
설렘으로 보고 싶다.

냉기로 가득 찼던 공간이
네가 찾아오는 봄에는
따뜻한 훈풍이 돌아온다.

땅에는 온기가 따뜻하여
생명의 씨앗이 뿌리를 내리고
새싹이 돋아나 푸른 동산의
삼라만상이 펼쳐진 그 자태가
봄 나라인가 보다

봄 안개 자욱한 아지랑이
속에서 이슬로 세수를 하고
초록빛 숲속에서 신비한
기상으로 장을 펼치는 너의
모습이 참으로 위대하다.

창공을 나는 새

새 너는 날개에 동력장치도
없는데 날개는 비행기를
닮았나? 파란 창공을 휘감는
바람의 힘을 응용하는 불꽃
튀는 용기가 대단 하구나!

집단
행동을 삼각편대로 정리하며
똑같이 힘을 안배하며 머리에
내비게이션이 있는지 바다를
건너는 행렬이 묘기를 부리는
대 경연장 같구나!

둥지
숲에 있는 둥지가 너의 쉼터라면
높은 하늘의 창공은 너희들의
행복을 누릴 수 있는 운동장이다.

그 힘찬 날갯짓의 묘기 대행진이
하늘을 수놓으며 먼 여행을 하는
여정의 모든 힘이 소진될까 염려가
되는구나!

억새풀

서울 하늘공원에 억새풀
한들한들 가을바람에
손 흔들며 소리 질러
관람객을 부르는 소리

솔 솔 솔 부는 가을바람에
몸이 간지러워 긁을 수 없어
참고 견디는 신음 소리인지
앓는 소리 같이 들린다.

맑고 푸른 가을 하늘 아래
뭉게구름 사이로 얼굴을 내밀고
비치는 태양 억새의 몸을 더
누렇게 태우고 싶은가 보다

억새는 갈색 머리에 곱게
단장한 여인처럼 붉게 물든
한강 가 높은 하늘공원에
선녀가 되어 많은 군중에
보여 주고 싶어 한다.

눈 꽃

온 삼라만상이 고요히
잠든 고요한 밤 고이 잠든
인간들 깰까 봐 소리 없이
밤사이 온 천지가 흰 눈으로
백지가 되었다.

햇님이 등장하기 전 캄캄한 밤
앙상한 나뭇가지에 조심조심
올라와 하얀 눈꽃을 피워
나무에 학이 앉은 듯 펼쳐진
모양이 아름다워라.

깨끗하고 백옥 같은 선녀처럼
아름다운 꽃눈의 눈꽃이여
이 세상도 맑고 투명하고 깨끗한
세상으로 즐겁고 화평하고 결정체
같이 결백한 세상이 되었으면
얼마나 좋을까?

흘러만 간다.

해운 년이 바뀌고
계절의 이동이 되어도
강물은 위에서 아래도

여름엔 홍수로 흙탕물이
겨울엔 어름 속에서도
그렇게 흘러만 가듯이
우리들 인생도 쉬지 않고
앞으로만 흘러간다.

세월이 흘러가는 것
인력으로는 막을 길 없는
그것은 자연의 순리의
흐름의 역사(役事)기 때문에
그 환경의 지배를 받는 인간은
순응 순종하며 살 뿐이다.

인생의 삶이 암울하고
고통 속에 희망의 빛이
보이지 않아도 절망하지 말자

하늘에 비바람이 불고
먹구름이 바람 따라 걷히고
나면 밝은 태양은 다시 볼 수
있듯이 세월의 흐름 속에

밝은 광명이 우리를 기다리고
있으니 세월이 간다고 두려워
말고 세월 따라 모든 것은
흐르고 또한 지나간다.

낙엽

가을엔 내가 울긋불긋
화려한 옷을 입어 찬란함에
반하여 나를 배경으로 사진을
찍으며 그렇게 좋아하며
단풍잔치 벌이더니

늦가을 된서리 한방에 초겨울
바람에 갈색 옷을 입고 찬바람에
흩날리니 나를 밝고 다닌다.

길가에 누워 자는 나는 노숙자
신세 처연(凄然)히 누워있는
내 모습이 너무나 슬프다.

사람들이 밟는 몸무게에
내 몸은 터지고 뭉개지고
상처가 나서 치료도 하지

못한 채 회오리바람에
공중으로 날아가 강물의
일엽(一葉)이 되어 하늘을
쳐다보며 둥둥 떠내려간다.

겨울나무야

푸른 옷을 입고
화려한 꽃을 피우고
가을 단풍에 호화찬란한

컬러의 옷으로 갈아입고
온 산에 불꽃 같은 환상의
아름다움을 펼치던 나무야!

그 아름답던 옷 잎사귀를
찬바람 된서리 한 방에
갈색 잎사귀가 된 낙엽을
털어내고도 의연한 모습으로
추운 고독을 참고 견디는 구나!

자연의 순리의 법칙에 따라
옷까지 다 벗어 던져버리고
누구의 원망도 하지 않는구나!

살을 베어내는 한파도 겨울이
지나면 새봄을 맞아 새 옷을
입을 수 있는 기쁨과 희망과
기대가 있기에 오늘의 고독을
이를 악물고 침묵으로 삭힌다.

가로수의 낙엽

녹색의 짙게 푸른 정기가
영원히 전개될 줄만
알았더니 속살 깊이
파고드는 찬바람에

된서리 한 번 맞고 나무 곁을
지켜 줄 수 없는 잎사귀는
뒤틀린 갈색 낙엽이 되어
바람 따라 떠나는데 나무는
그저 바라만 본다.

혹독한 늦가을 태풍에
처절(悽絕)한 낙엽이 되어
정처 없는 나그네 신세
성 쌓고 남은 돌이 되어
외롭고 슬프다.

환경미화원의 빗자루에
끌리어 쓰레기 소각장에
투신하고 내 영혼은 형체도
빛깔도 없는 잿더미 속에
가루가 되어 산화 되었다.

꽃

꽃은 꿈과 같은 것
희망과 같은 것
새싹과 같은 것
새 소망의 길잡이
아름다운 삶의 자체가
너는 꽃이다.

아름다운 미모의 얼굴
자존심과 오만함도 없는 너
멀리서 보아도 아름다운
형상처럼 꽃의 향기도
풍성하고 아름다워라.

미인은 단명이라 했던가!
화려한 꽃의 아름다운
너의 수명이 며칠 가면
시드는 모습이 안타깝구나!

꿀을 예쁜 얼굴에 품고
대문 다 열어놓고 벌과
나비에게 아낌없이 내어주는
선녀 같은 꽃의 네 마음이
착하여 예쁨을 받는가 보다.

그리운 스승님

임이 가신 사반세기 세월
주고 가신 사랑과 그 은혜
가슴 속 깊이 사모하며 그
그리움 힘 속에 살고 있나이다.

보고픈 그리움에 눈을 감으면
생전의 모습의 형상이 머리의
영상에 필름처럼 지난날의 한
장면이 펼쳐집니다.

내 불혹의 중반에 임이 가신지
나는 임의 삶을 초과해 살고
있음에 저 자신도 고희(古稀)를
넘어 생명의 요소는 영원한데

생명체에 속한 기계는 낡고
병들어 공급해 주는 산소 공기도
차려준 밥상도 먹지 못해 죽는 것이
지상의 인간의 모습인가 봅니다.

외길 인생

사람은 외길 인생길
누가 기다리는 사람도
없는데 외길을 향해
또 달리고 지치면 쉬엄쉬엄
뚜벅뚜벅 그래도 간다.

내 갈 길이 어디냐고
물을 자도 없지만
그저 앞으로 가는 길
앞으로 외길만 걸어만 간다.

끝이 보이지도 않고
가 보지도 못 한길
누구나 가야 할 인생길
외길이기에 막연하다.

쓸쓸한 심정을 스스로 달래며
끝없는 외길을 향해 달리고
싶은 인생길 그것이 슬픈 인생의
외길 인가 생각해 본다.

구성 구상

조물주
주체님은 정자유전자
대상님은 난자유전자를
지니고 당신 혈통을
탄생시키셨다.

주체와 대상이 일심일치
일심동체 음양을 갖추셨음이라.
음양력은 음양의 생명이요
음양의 정기는 사랑이다.

주체님은
생생생 정기에서 정신을 내시고
생생 정기에서 음양을 내시고
생(生)의 핵에서 힘을 내시고
구성을 하여 4해8방 4진문도를
세우시고

대상님은

생생생문 생 정기에서 마음을 내시고

생생생 생문생에서 생명을 내시고

불롱의 생의 핵에서 광선을 내셨다.

구상을 하여 4해 4문을 세우셨다.

생(生)의 공간 생의 무의 원 안에

둥근 원을 이루어 4해8방4진문도가

천문학의 자유가 생으로 이루어져 있다.

만물의 영장

이 땅에 왔다 간 성현이나
의인들 수도 인들은 양심가로
현명하게 살아 만물의 영장
또는 현인이라 칭한다.

이 세상 큰일을 하려면 사람을
죽이고 자기가 위대하게 되었다.

이 세상에서 교주를 위대하게 본다.
교주는 주인(主人)이라는 것으로
주(主)라고 한다. 교주라고 하는 자는
조물주님을 멸시하고 조롱하고
능멸(凌蔑)하는 것이다.

사람은 주가 될 수가 없기 때문이다.
천지간(天地間) 만물지중(萬物之衆)을
마음대로 자유 할 수 있는 능력(能力)
자가 주인이요 주라고 한다.

이 세상은 인간을 전파하고 포섭해서
현혹되게 사랑한다고 거죽의 말로 하는
사랑은 사랑이 아니다. 거기에 맞추는
원리와 논리는 비 원리이다.

피조물

이 땅에 주인님은
땅을 아름답게 만들고
이 원료를 만들어서
명기 정기로써 무형실체와
유형실체가 서로 존재하고
인간이 먹고 살 수 있는
터전을 만들어 놓았다.

많은 수도 인들은 자기
목적을 위해서 무술 하는
자는 무의 도를 하고
학문하는 자는 학문 도를
철학을 하는 자는 철학과
자비를 하고 독경을 해서
수도 인이 되었다.

사람을 흙으로 빚어서
코에다가 생기를 넣으니
사람이 되었다는 피조물처럼 만들어
영원 세세토록 인간들에게 조물주
주인님을 조롱하도록 만들어 놓은 것도
인간들이니 부끄러운 일이다.

뜨거운 욕망

사람은
태양이 뜨겁다.
뜨겁게 살자.
뜨거운 용기를 가져야
뜨거운 욕망이 완벽해야
목적과 목적관을 나타낸다.

뜨거운
미래와 꿈이 확고하면
용기를 가지고 욕망을 채워라
좋은 야망이 폭발한다.

태양도 뜨거운 야망으로
폭발해서 서기발같이 빛을
발사해 내듯이 용기가
없다면 산자가 아니다.

뜨거운
태양열 같이 사랑을 하면서
그 엄청난 힘의 폭발이
천지를 뒤집듯이 폭발해 나가는
힘의 원천을 찾아 우러러

앙시할 수 있는 자세가 있어야
무지에서 무로 깨어나 살 수 있는
능력을 갖출 수 있으리라.

상대 조성

사람은 상대를 조성하며 존재한다.
자연은 조화와 요소
인간은 요소와 조화
생물들은 성분과 요소와 조화
상대를 조성한다.

인간은 마음을 너그럽게
먹으면 마음이 편안해서
뭐든지 이해심이 많고
옹졸한 것이 없어지고
평안이 자리를 잡는다.

인간은 인간의 길을 찾는 길
사람은 태양같이 뜨거운 용기가
필요하다 용기 있는 자가
추진력이 강하고 올바른
상대조성으로 사랑을 진실로
한다는 말일 것이다.

정신과 마음을 바로 먹으면
행동하는 몸은 기계체이기
때문에 예의를 지키고 잡음을
일으키지 않을 것이다.

예의

요즘 세상 젊은이들은
노인들을 우습게 생각하는
아주 못 쓰는 망동이다.

예의를 지키는 것이 어디서
오느냐? 그 사람 정신과
마음에서 온다.

정신과 마음이 바르게 섰을 때
예가 바르고 부모에게 효도하고
일 가문이 화목하고 형제애를
귀하게 알고 모든 사람을 사랑도
할 수 있고, 용서도 할 수 있는
사람이 될 것이다.

사람은 쇠심줄보다 질기기 때문에
올바른 교훈과 경고문을 잊어버리고
사는 습성이 마음속으로 들어와서

강심을 가지고 용기를 가지고 산다면
당당한 자, 올바른 욕망을 가진 자, 미래와
꿈을 가진 자, 확고부동한 진실 된
정신과 마음을 갖출 수 있을 것 같다.

봄

잔설이 쌓인 양지
진달래 붉은 꽃이
눈 위에 만발하고

긴 겨울잠에 깨어난
실개천 버들강아지
봄바람에 흔들흔들

귀를 털며 봄소식
카카오톡으로 전해 준다.

소나무 숲 사이로
봄바람 파도치면
새들이 지저귀는
사랑의 노랫소리
들리어 온다.

나비와 꿀벌에게 꽃의
안방을 통째로 내주니
꿀 집과 입맞춤하고

그 뜨거운 사랑의 열로
음지의 잔설을 녹이며
봄소식을 전해 준다.

구름 따라 가는 곳

내 삶의 역경을 갈피갈피
접어둔 고난 감춰 두었던
상처의 아픈 사연

구름과 동행하는
바람 친구 불러서
그편에 띄어 볼까?

과거의 얼룩진 기억
내 마음의 구석에
남아 있는 흔적들
선풍기 바람에 날려 보낼까

아니면
높은 하늘에 떠도는 흰
뭉게구름 그 속에 실어서
멀리 떠나보낼까

많은 사연을 싣고 흘러가는
뜬구름아! 위 머리는 빛이 나고
옆머리가락은 은빛 실같이
흩날리고 그리운 동네 동갑 친구
하나 둘 저 하늘 흘러가는
구름 속으로!

적신호

생명의 적신호가 들어와
브레이크 밟고 멈췄다.
생명의 기계 체는
낡아 고물이 되어
갈 길을 가로막는다.

갈 길은 목표가 보이지
않는데 해야 할 일은 산더미로
쌓여 가는데 녹색 신호가
안 들어와 멈추어 서 있다.

노란 신호 중이라 대기
이제 미련 없이 모든 것
잊어버리고 어둠에 갇힌

이 세상 삶 속에서 휑하고
떠나도 되느냐고 세월에게
묻고 있는 중이다.

봄의 사연

추운 동면에서 깨어난
나뭇가지 눈에서 새싹이
튀밥 튀듯이 트이고 있다.

초여름의 훈훈한 따뜻한
온기에 풍년 새는 희망을
노래한다.

밤새워 구슬피 울던 서쪽 새는
동녘이 틀 무렵 지쳐 잠이 들었다.

아! 온 만물이 소생하는 봄
들판에 불어오는 흙바람이

메마른 대지의 갈증을 쓸어내리듯
어루만지며 스쳐 지나가고 있다.

계절의 갈무리

혹독한 냉기에
한겨울 얼어붙었던
밤하늘 파란 달빛

새싹이 솟아나
나 여기 있다.

묻지도 않았는데
손들어 말을 한다.
봄이 오길 기다렸다고

짙푸른 숲
한여름 더위를 품고
숨소리 헐떡이더니

한순간
가을의 문턱을 넘어
산에는 불꽃처럼
호화찬란한 단풍잎이
가을을 노래한다.

보내는 마음

불면 날아갈세라
만지면 깨질세라
귀한 보석같이 키워온

자식들이 짝을 지어
부모의 둥지를 떠나니
강남으로 떠난 제비
빈 둥지처럼 먼지만
흩날린다.

불같은 사랑의 열병으로
뒷바라지 한, 못다 쏟은
사랑의 한, 아쉬워하며
빈 방문을 자주 열어본다.

거친 세상에 거센 파도에
온실 속에서 밖으로 보낸
부모의 마음은 낮이나 밤이나

사랑의 열병이 아닌 이젠
간절한 기도의 마음으로
자신을 가다듬어 본다.

꿈의 지향

꿈은 인간에게
행복의 기대치라면

그 기대에 실망은
인간의 불행이라면

미래의 가치를 위해서
내일을 사는 것이
현명하리라.

항상 높은 지향의
꿈을 갖고 갈망하며
또 꿈을 설계하며

희망과 기대를
포기하지 못 하는 것은
살아갈 용기와 욕망의

생동감이 넘쳐흐르는
생명력이 살아 있기
때문일 것이다.

물 길

심산궁곡의 산 졸졸졸
위에서 아래로 물이 흐른다.

자기 가는 길 비탈길만
보이면 뒹굴어 내려간다.

바위 낭떠러지 폭포수에
낙법을 배우고 지친 몸

저수지에 도착하여
잠시 쉬어 간다.

폭우로 저수지가 넘쳐흐르니
비탈물길 따라 실개천을

지나 강물에 모여드니
물의 힘의 위력이 웅장하다

목적지는 모른 채 생긴 대로
흐르다 보니 넓은 바다에 나와

소금물에 절여져 나도 바다
식구와 한 몸이 되었다.

단풍

너를 보고
울긋불긋
반짝이니
찬란하다
기쁘다
보고 싶다.
감탄사 연발한다.

혹독한 한파에
동사를 간신히
면하고 살아남아

새봄에 꽃피고
뿌리의 땅속 영양을
흠뻑 흡수하고

여름철 더위에
무성히 자라서
가을에 단풍 옷 입으니
너를 보며 아름다운

환호성을 부르니
지난겨울 추위에
시달림을 극복한
가치가 빛이 나는가 보다.

코스모스

한 강가 강변
가을 하늘 아래
코스모스 집성촌인가
집단으로 피어 있다.

가느다란 몸매에
허리는 한들한들
갈바람에 쓰러질 듯
땅에 입맞춤하고
오뚝이처럼 일어선다.

지나는 사람들을
몸을 흔들어 인사하며
멀리 보이는 시선에서도
손을 흔들며 반긴다.

항상 행복한 얼굴로
가을의 풍성함을 노래하며
미소 짓는 너의 얼굴이

아름답고 신비하고
즐겁고 기쁨이 넘치니
네가 있어 행복하고
나는 너를 무한히 사랑한다.

나무의 겨울나기

나무의 뿌리는 엄동설한
나무를 얼어 죽지 않게
생존을 위해 땅속의
찬 수액을 땅으로 내리고

땅속의 따뜻한 수분을
나무로 끌어 올려 보내어
몸을 얼지 않게 한다.

여름엔 더위를 식히기
위에 땅속의 찬 수분을
가지로 올려보내고 열 받은
수분을 땅으로 내려 몸의
항상성을 유지한다.

뿌리는 심장의 사명으로
동맥과 정맥의 역할을
계절의 변화 따라
체목의 온도를 조절하며
수혈을 공급하는 원천의
역할을 한다.

자연과 자연의 대화

심산궁곡 숲속에 들어서면
나무와 나무가 대화하는
소리가 바람 타고 들리어 온다.

숲속의 새들은 낯 모르는 자
우리 영역에 침입했다고 높은
나무에 올라 소리 질러 경고
방송을 보내며 왁자지껄하다.

산은 산맥과 마주 보며 대화를
하며 서로가 상대조성이 되어
외로움을 달래며 살아가고 있다.

자연도 소통 없이 살면
무슨 삶의 흥미가 있겠나?

서로 상대 조성하며 눈빛으로
통하고 언어로 통하고 정하며
고요한 밤을 위로하며 친구로
말벗하며 살아간다.

식물인간 아니다.

식물은 피가 수액이다.
세상을 뒤덮은 한파에도
살아남기 위해 땅속의

수액을 뿌리의 심장에서
용솟음치듯 펌프질하여
줄기와 가지에 공급한다.

나무 옆에 서 있노라면
수액의 냉온을 교체하느라
씽씽 쌩쌩 피도는 속도로

움직이며 분과 초를 다투어
생명유지를 위해 사투를
벌리는 소리가 들린다.

동물들은 엄동설한에 굴속에
들어가 체온을 유지하지만
식물은 선 채로 온갖 눈보라와
칼바람을 맞으면서도 땅속의

따뜻한 수분을 끌어 올려 얼어
죽지 않는 생존전략에 사투를
벌이는데 누가 식물인간이라고
비하할 수가 있는가?

침묵의 겨울

봄은
눈 위에서 핀 진달래꽃이
인사를 하고

여름엔
키 큰 해바라기가
햇님 닮아 태양을
쫓아다니고

가을엔
오곡백과가 무르익어
풍년을 선사하여
먹지 않아도 배부르고

겨울은
눈 비바람 혹독한
동토의 삼엄한 공간
겨울은 따뜻한 봄을

기대하며 침묵하며
계절의 순리를 이해하고
잠자는 줄 알지만

냉정한 냉동실 같은
겨울을 극복하기 위한
말 없는 인내와 처한
환경을 침묵으로
조용히 삭힌다.

소나무

나에게
소나무는 불변을 가르치고
청렴하고 결백하게 살라 하고
사시사철 푸른 청춘으로 살라 하고
진한 향기를 품어내며 살라 한다.

간사한 마음으로 자신의
이익을 위해 쫓아다니는
인간들에게 무한한 교훈을
주고 있건만 인간은 소나무의
높고 큰 뜻을 느끼지 못하는지

오늘날 세상은 비리의 온상 속에
깨끗한 소나무 같은 청렴한
인재들은 어디에 숨었는가?

은은한 푸른 솔향기 포근하고
늘 푸른 변치 않는 그대의 향기
풍기는 그런 세상이 확장
되었으면 좋겠네!

봄소식

잔설이 소복이 쌓인
양지바른 언덕에
눈 위에 서 있는 진달래
잎은 살짝 눈을 떴는데
꽃은 빨갛게 만발하였다.

진달래 활짝 핀 산 고을엔
새봄이 왔다고 봄을 환영하는
향연의 잔치가 벌어지면

첫잠을 깨고 겨울을 벗어나
민들레 새싹이 부러운 듯
샛노란 꽃 입술 눈부신
햇님을 향해 살며시 웃는다.

봄의 계절

고요한 적막을 흔드는
때 이른 봄바람에
깊은 잠 깨어난 봄버들
활짝 핀 개나리꽃

양지의 언덕에 새싹들이
기지개 펴고 여기저기
꽃다지, 민들레, 달래,
질경이, 냉이, 봄바람
나들이에 춤추며 노래한다.

남풍에 실려 오는 훈풍과
눈부신 햇빛이 남녘 솔향기
몰고 와 노을이 깃드는
해풍에 봄은 무르익어가고

모든 생명이 잉태하는
봄의 계절 출렁이는
물결 타고 아지랑이 등에
업혀 봄이 저물어가고
여름이 오면 인생의 여정도
함께 묻어간다.

용기 당당한 자

마음에
용기가 당당하면
욕망이 꽉 차 전진하고
미래가 있고
꿈이 있고
목적과 목적관이
확고부동하다.

마음에
의심이 꽉 차 있으면
도둑의 마음이니
광대 광범한 학문은
멀리 떠나고
시간만 낭비한다.

마음에
잡음이 생기면
편안한 안식을 멀리하고
불평불만이 싹트고

기쁨과 즐거움은
사라지고 욕심이
과하여 패가망신하니
분수를 알아야 할 것 같다.

태양 같은 사랑

태양처럼 뜨겁게 살자
뜨거운 용기
뜨거운 욕망
뜨거운 야망

좋은 야망으로
태양같이 폭발하여
서기발 같은 빛을
발사해 내자.

태양열 같은
뜨거운 사랑이
그 힘의 폭발이
천지를 뒤집는
힘의 원천이라.

불꽃 같은 용기
태양같이
뜨거운 사랑
진실한 사랑
당당한 사랑

온 세상을 빛의 사랑으로
감싸 천지간 만물지중을
다스리는 그 밝은 욕망이
올바른 추진력으로
빛을 발휘하게 하리라.

창밖의 눈

창밖에 눈꽃이 흩날리며
설경(雪景)의 묘기가
바람 따라 출렁이며
내 마음을 밖으로 나오라
충동을 주네!

눈 위의 눈 섶에 눈이 앉아
녹아서 눈물 성이 되어
계곡을 통해 흘러내리니
목이 젖어 가슴으로 스며드네!

냉동의 계절 하늘에서
바람에 실려 꽃눈을
날려주시니 우리들 마음도
하양 백합꽃이 되어
아름다운 선녀가 되었네!

맥이 뛴다.

이 공간에 형성된
화학의 결정체가
식어서 고체를 이루어
산과 들이 되었다.

산은 좌청룡(左靑龍)
우백호(右白虎)의 명기도가
작용하니 명기전이 힘을
받아 명기가 맥박을 튀어

정기도가 작용하니
명기도와 정기도가
주고받는다.

명기는 명기도와 명기전이 있고
정기는 정기도와 정기전이 있고

정기가 사람 몸에 세부조직망이
피가 돌듯이 통문 통설하니 명기는
맥을 튀고 정기는 활동하고 돌아가니
모든 것이 상통자유 한다.

뜻이 있는 곳에 영화가 있다.

정신이 있는 곳에 마음이 있고
마음이 있는 곳에 분명한 뜻이 있다.
뜻이 있는 곳에는 행복이 있든지
영광과 영화(榮華)가 있다.

인간의 정신과 마음은 타고난
본능을 버릴 수 없는 것 같다.
탐내고 욕심내고 질투하고
투기하고 쟁투하고 이것은
조상으로부터 유전된 것 같다.

사람은 마음이 첫째다.
마음을 잘 먹으면 아무리
못난이라도 그 마음이
찬란하기 때문에 아름다워
보인다.

진물이 흘러내려도
그 사람이 착하고 선하다면
하나도 더럽지 않을 것이다.

정신을 잘 다듬고 마음을
윤택하게 해서 아름답고
찬란하게 함으로써 그 마음이
너무나 귀하게 되는 것이다.

육신의 정기는 수정체 동공이다.

사람이 안다고 함은
확실히 자기가 보고
몸소 느끼고
피부로 느끼고

육으로 느끼고
정신으로 느끼고
볼 수 있는 암기가
필요하다.

내적인 정신은 눈은
아니지만 눈으로 보는
것보다 더 밝다.

육신의 정기는 수정체
공동이 만물의 형상을
거둬 넣는 동자다.

하지만
정신은 더 깊고 광대
광범한 것이 정신이다.

그래서
정신 문을 열어라.
마음 문을 열어라 함은
육신과 일치되어서

일심일치가 몸에서
어떻게 이루어져
간다는 것을 알게
되어 있음이라.

무형의 힘

지구의 공간에는 힘의 공기도
차 있고 압력의 힘의 중력의
힘도 있고 층으로 이루어진 힘
지형으로 이루어진 힘도 보지 못한다.

무형실체는 보이지 않지만 존재하고
유형실체는 고체와 식물, 인간 등 보이는
존재의 상대성 원리로 존재한다.

아무리 고성능 현미경으로 천문학을
연구하지만 사진에 안 잡히는 것이
엄청 많다.

학자들은 공부할수록 미궁에 빠지고
천문학자들도 추측으로 존재하는가
보다 짐작한다.

조물주께서 이루신 공간의 궁창의
궁극의 목적이 광대 광범하고 무한정
하니 그것을 인간이 모르는 것이다.

흙은 생명이 될 수 없다.

흙은 화학에서 나와 불이 식어서
어디까지 신선한 흙이다.

그런 흙을 갔다가 빚어서 코에다가
생기를 불어넣으니 사람이 되었다.

지나가는 소가 들어도 웃을 일이다.

조물주 당신들이 부부가 서로 사랑
하면서 그 사랑 속에서 탄생을 내셨는데
이래야 원칙이 아닌가?

천살도와 천살의 결백의 두 조물주 부부가
그분들의 사랑으로 몸속에서 탄생을
하셨기 때문에 그분의 자녀들은 죄를
질 수도 없고 짓지도 않았음을 알아야 한다.

조물주의 아들따님을 죄를 졌다고
하는 자는 조물주를 능멸하는
대역죄로 용서받지 못하는 운세가
왔음을 느껴야 할 것이다.

조물주는 생 자체다

조물주는 생 자체기 때문에
완성 체요, 생은 보이지 않지만
그 내용이 꽉 차 있기 때문에
조물주 두 부부가 다 느끼고
사신다.

생이라는 것이
지상에 처음이자 마지막으로
발견되었는데 밝고 맑고 무한히
청결하면서도 신선하고 무한정한

남자 조물주 조부님은 천살도요
여자 조물주 조모님은 천살의 결백이다.

이 두 분이 일심일치 동체 음양과
생명을 지녔기 때문에 따라서
일심정기를 이루어서 핵심의 진가를
무한정하게 이루셨다.

조화를 갖추어야 조화를 이룰 수 있지
갖추지 않은 데에서는 조화는 없는 법이다.

생 자체가 완성이다.

조물주의 생 자체는 이런 세상에
생이 아니고 생이라 함은 완성이요
갖가지 생의 자체를 아시고 있음을
말함이라.

생이 한없고 끝이 없기 때문에
무라고 하셨다.

무라고 하는 것은 신출귀몰하고
기적 같고 신기록이고 신선하고
아름답고 호화찬란한 핵보다 더
밝은 광명 같은 것이다.

이때 생이기 때문에 시원하고
맑고 깨끗한 청결한 자체시기
때문에 조물주 명예는 천살도요
배우자는 천살의 결백이기 때문에

불변절대 약속대로 이룰 수 있는
능력의 권능자기 때문에 당신들은
당신을 안다고 분명히 말씀하셨기
때문에 생은 완성이다.

밝은 광명은 정신의 정기다.

조물주는 조화를 갖추셨기 때문에
모든 정기를 가지고 생명의 요소를
지니시고 정기는 기와 운과 기능이

활기차고 생명의 요소에도 숨 쉬고
살 수 있는 기와 운이 활기차고
끓어 넘치는 생명력을 가지고 있어서
생명에는 생명력이 생명이다.

정기는 기운이 활기차 있기 때문에
기능이 없으면 죽은 것과 같다.
밝은 광명은 정신의 정기다.

생명력이든지
생동력이든지
초능력이든지 무한히 살아서 생동함으로써
구성 구상을 해내셨다.

아무것도 보이지 않지만 느낌은 있고
내용은 꽉 차 있지만 형태는 없어도
생명을 지니고 숨 쉬고 살게 하고 생동감이
넘쳐흐르게 하시고 조화에는 사랑이 들어있어

음양을 지니고 있어 주체와 대상이 완성이요
음양력은 음양이 생명과 같고 음양의 정기는
사랑이요. 천지간 만물지중을 사랑으로 이루었기
때문에 천륜의 천정이라 함이니라.

창조 창설의 극치

조물주 당신은
생각하고 생각해 내시고
시작하고 구성 구상해 내시고

힘에서 원료가 나왔으니까
창조하시고 창설하여 극치를
이루어 창극을 이루셨다.

수 억 년 동안 정신일도를 하여
갖가지 갖추어서 천지간 만물지중을
이룰 수 있는 능력을 갖추셨기 때문에
권능자라고 함이라.

무형실체에 겸비되어 있는 것이
유형실체 그래서 무형실체는 갖가지
힘이다. 무한정한 고체 체대를 이루어서
삼라만상이 꽉 차게 이루셨다.

창조하면 창설이 있고 극치가 있다.
극치에 찬란하고 직선 곡선 체대를 갖추어
장을 극으로 이루었다 그래서 창극이다.

장은 장대로 산은 산대로 혈은 혈대로
좌청룡 우백호는 좌청룡 우백호대로
평청은 평청대로 펼쳐 놓으신 것이다.

평청 : 산과 들을 말함

바람의 고향

조물주는 생의 완성자시기 때문에
그 생(生)에서 생을 내고
그 생에서 힘을 낼 수 있고
생에서 힘이 나왔으니까
힘에서는 과학이 나왔다.

생의 자체 분은 근원(根源)근도에
들어가면 생의 전이다.
생은 보이지 않지만 꽉 차 있는 것을
느끼고 깨닫는다.

이때 자리를 확정하기 위해 원을
이루고 생의 무로 힘을 가하고 가해서
핵도, 광선도, 진공도, 생 바람도, 불록조
불랙조 여기서 생겼기 때문에 바람의 고향이다.

불록조는 바람을 내고 불랙조는 탄소를 내니
원소가 나오니까 질서가 정연하다.
조물주가 생 자체니까 주체와 대상이 연결되어
있으니 일심일치 일심동체 조화를 이루니 조화는
음양이다.

음은 여자 양은 남자 음양을 합류해 놓으니
은혜자요 음양의 음양력은 음양의 생명이다.
역, 역에는 기능이 활기차게 기와 운이 차고 넘쳐
사랑을 베풀 수 있는 은혜자가 조물주 두 분이시다.

그리움

눈을 감으면 떠오르는
가르침의 사랑의 말씀
천륜의 천정의 느낌으로
느낌을 알 수가 있습니다.

천살의 결백도가 결정체로
빛나는 천정이 살아 숨 쉬는
숨결 소리가 흠과 티가 없는

당신의 숨결이 담아 있는 당신의
결백을 읽을 수 있습니다.

채찍으로 종아리 치시던 말씀은
나를 사랑하는 마음으로 올바른

정신의 명약의 처방전, 뜨거운
사랑의 특효약(特效藥)이라는 것을
깨달았습니다.

천살의 결백 : 아주 맑고 밝고 깨끗한 결정체

112

순결

순결은
봄의 샛노란 새싹
찬란한 빛이 나고
수줍은 여인의 청순함 같이
밝고 맑은 햇빛에 여울져
바람을 타고 숨결이 드려옵니다.

순결은
자연의 순수한 결백한
진실과 천연의 천심을
닮아 핵같이 반짝이고

진실의 생명이 불변으로
살아 숨 쉬는 아늑한
보금자리입니다.

순결은
아름다운 꽃과 같고
그 꽃의 향기는 너무나
향기로워 정신과 마음을

향기로 채워주고 육신에
향기가 젖어들어 흠뻑 배여
자리를 잡았습니다.

보석 같은 순결

활짝 핀 꽃눈이
장독 위에 내리는 밤
나뭇가지에 찌그러진
잎사귀 흔들리는 소리

수줍은 시골 여인의
속옷 벗는 깊은 밤
실바람 타고 들리는
가슴이 뛰는 숨소리

두근거리는 가슴
뭉클한 어둠은
잠을 청하라 하고
문틈으로 들어오는
문풍지 떠는 풀피리
소리에 잠을 설친다.

보석 같은 순결은
아름다운 것
간직하고 싶은 숨결
맑은 정한 수 같은 것

귀하고 귀한 핵심의
알맹이 같은 것
고귀하게 가꾸고 싶은
결백의 표상이다.

제목 : 보석 같은 순결
시낭송 : 최명자
스마트폰으로 QR 코드를 스캔하면
시낭송을 감상할 수 있습니다.

가로등

어둔 밤
비가 오나
눈이 오나
삼복더위에도
엄동설한에도

불빛을 선사하며
밤길 친구가 되어
동서남북 살피며
경계근무를 한다.

더위에는 얼굴에 모기와
벌레들이 붙어 물어뜯고
엄동설한에도 덜덜 떨며
부동자세로 보초병의
임무에 충실하구나!

밤새워 지나는 나그네
불빛 눈뜨고 지켜주고
새벽녘 졸음이 올 무렵

햇님이 솟아오르면
부동자세 선 채로
눈을 감고 낮잠을 잔다.

홍시(紅柿)

따뜻한 봄날
감꽃향기에 꿀벌
불러 모아 노래하더니

새끼 열매 알을 맺어
무성한 여름을 지나
가을에 청시가 되더니

강렬한 갈 햇살에
태양의 열기를 받아
노랑 연두색 얼굴로
단감이 되는 줄 알았더니

치아 없는 어르신들
잡수시라 햇빛에 무르익어
물렁물렁한 연감을 만들어

효도하는 홍시가 되고 싶어
빨강 예쁜 얼굴이 되었어요!

나목(裸木)

새해 한파가 영하 십 도를
오르내리는 밤 한강이 얼고
바다가 어는데 너는 실오라기
하나 걸치지 않은 채 얼마나
동사를 면하려 고통이 많으냐?

뿌리는 땅속 따뜻한 수분을
숨 가쁘게 품어내며 체목에
올리고 체온을 유지하는 심장의
역할에 사력(死力)의 힘을 쏟는다.

나는 온돌 방안에서 두꺼운
이불을 덮고 잠을 자려니
산에 있는 너희 나무들을
생각하니 마음이 아프지만

곧 다가올 꽃피는 따뜻한
봄철에 새싹이 돋는 날이
올 것을 기대하며 살아남아
주길 빌 뿐이다.

봄동 나물

찬 서리 하얀 노지의 밭
눈 속을 뚫고 노란 새싹
솟아오르니 싸늘한 냉기에
납작 엎드려 눈 이불 덮고
살았다.

추위에 생존을 위해 속살은
못 찌우고 옆으로 펼쳐진
몸매 이파리 엄동설한에
봄동 나물로 밥상에 올랐다.

추위에 덜덜 떨며 자란 생명의
소유자 언 땅 위에 뿌리를 내리고
칼바람 맞으며 생존한 봄동 나물

겨울에 눈이 소복소복 쌓이면
한 이불 속에서 눈과 속삭이며
땅의 지열에 눈이 녹아 눈물을
먹으며 살았단다.

꽃눈의 눈물

온 생명이 잠든 고요한
적막을 뚫고 칠흑 같은 밤
어둠을 헤치며 꽃눈이 하늘에서
내려와 앙상한 나뭇가지에
아름다운 꽃눈이 피었네!

발가벗은 흔들리는 여린
가지에도 빛바랜 뒤틀린
갈색 잎사귀에도 눈꽃이
아름답게 올라앉았네!

매서운 스치는 찬바람에
나뭇가지가 춤을 추니
눈꽃이 날려 흰 눈꽃가루가
만국기처럼 흩날리네!

동쪽 하늘 햇님이 중천에
떠올라 태양의 광명의 빛을
비치면 꽃눈이 녹아 눈물을
흘리며 서글퍼 울부짖겠네!

기후와 기체

자연은
기후로서 천지간 만물지중을
조절하고 기체로서 조정한다.

자연의 법도가
체계 맞고
조리 있고
슬기롭고

경쾌하고
통쾌하고
상쾌하다

자연의 섭리가
무한한 사랑으로
태양을 주셔서

강도나 선한 자나
똑같은 은혜와
은총을 베푸심을 느낄 때

무서운 폭풍이 불어와도
바람이 나의 몸을 감쌌을 때
두려움이 없을 것이다.

만물의 영장

지구는 말없이 돌아가고
돌아오며 증발되고
공전되고 자동으로
생동체가 생동한다.

천지간만물지중(天地間 萬物之衆)이
인간은 만물의 영장이라 했건만
만물의 영장이라 함은 만물의
근원의 모든 것을 알고
거느리고 다스릴 수 있는
사랑의 권능자라 함이라

신령한 영물이 되어
이적을 마음대로 자유하고
신비스럽지 못한 인간은
자기들 살기 위하여 살육하고

신성함이 되지 못함으로써
만물의 영장의 자격이란 말이
부끄러울 뿐이다.

하늘과 땅

태양은 뜨거운
사랑을 품고
솟아오르고

사랑의 온기로
천지간(天地間)만물이
웃음으로 활기 활짝
띄우며 희색이 만면하다.

하늘은 아버지의
사랑으로 빛으로 영양을
듬뿍 내려 주시면

이 땅은 어머니의 사랑으로
생물체와 생명체에 땅의
핵심의 귀한 생명을 싹 틔워
사랑의 열매로 꽃 피운다.

자연의 사랑

어둔 밤에는
달과 별이
지켜주고 힘이
나를 응시하고
감싸 주신다.

낮에는 태양과 빛과
모든 빛살이 지켜주니
이것이 자연의 무한한
사랑이라.

중력의 힘도 사랑이요
생명선의 힘도 사랑이요

공기와 바람의 압력으로
산소를 공적으로 공의
공급해 주심도 사랑이라.

마음의 평안

알곡이 있는 곳에 진미가 있고
진미가 있는 곳에 찬란하고
빛나는 뜻이 있고 뜻이 없는 곳은
미궁에 빠져 풍선처럼 불어났다
터지면 처절한 걸레쪽 같은 인생이라.

귀한 뜻을 귀하게 간직하면
편안한 온전함이 솟아오르고
아름다운 꽃이 피어오르리라.

마음의 평안 속에
화평이 오고
즐거움이 오고
영광이 오고
영화가 오고

은혜자가 되어 은총을
내릴 수 있는 귀한 자가
만물의 영장이 되었을 때
만물박사도 될 수 있으리라.

소금 산

지리는 지도가 판에 박혀
계곡을 통해 물이 흘러내려
냇가로 강으로 바다로 내려가면

소금산에 파도쳐서 왔다 갔다
소금을 씻어 내리니 바닷물도
염소를 지니고 있으리라.

수축전이 있음으로써
오므라졌다 펴졌다.
분화구도 뚫고 아름다운
산과 계곡이 탄생하고

지도는 꼬불꼬불 선을 세우고
선명 섬세하게 자연의
신비로운 천지조화가
나타났음을 알 수가 있도다.

물의 정체

물은 불을 지니고 있고
불은 물을 지니고 있고
물은 차갑고
불은 뜨거운데
불에서 물이 나왔다.

불은 뜨거운 성질
물은 차가운 성질
물은 불에서 나와서
정기를 일으키면

물은 뜨겁다 하며
자기 근본의 정체를
밝힌다.

또한
공기는 바람을 지니고
바람은 공기를 지니고
순리로 작용하며 자연의

이치로 선명 섬세하게
순리로서 자기 소임을
수행하고 인간들의
삶에 자비를 베푼다.

빈손으로 안 왔다.

사람은 오향정기를 갖고 이 땅에
태어났으니 참된 마음을 가지고
온전할 때 명예가 떳떳하고
그 위치가 완벽하고

권세와 권력이 떳떳하고
용기와 욕망이 차고 넘친다.
빈손으로 온 것이 아니라

온 만물을 거두어 넣을 수 있는
수정체 동공이 있고
눈에 먼지나 물이 들어가지
말라고 눈썹이 있고

만물의 소리를 거두어 넣을 수
있는 전파선 귀가 있고
먹고 말할 수 있는 입이 있고
진미를 맡을 수 있는 코가 있고

계곡을 통해 내려오면 정표를
가지고 찬란한 사랑을 느껴서
쾌락을 즐길 수 있는 전지 할 수 있는
능력의 권능을 베풀어 운명철학을 가지고
나는 어느 날, 어느 달, 어느 해운 년에
탄생하였더라.

무형의 바람

자연은 바람 같은
무형실체를 공적의
공의로서 공급해 주시고

온기 온도를 조정해 주시며
기후로서 천지간 만물지중(萬物之衆)을
조절해 주신다.

삼복더위 볏논에 썩지 말라
선들바람으로 식혀 주며
식물들이 암수술 숫 수술이
태양을 받아서 고체와 진미를

내주고 새봄에는 소생케 하고
꽃피고 잎 피게 해주어 과목의
잎사귀의 얼굴을 아름답게
단장해 준다.

사랑에는 무쇠도 녹는다.

산에 올라가 산동네에 가면
그곳에는 찌르는 것이 없다.
사람 사는 동네를 가면 살벌하고
살기가 등등해서 찌른다.

우리는
만물을 주관하지 못 하지만
사랑할 수 있는 자가 되어보자
잡초도 사랑하자
얼마나 외로운가?

사랑에는 무쇠로 녹는다.
아무리 악한 자라도 사랑을
해주면 그 사람을 진지하게
좋아하는 걸 느낀다.

마음속으로 사랑을 하니까
그 눈을 보면 좋아 어쩔 줄
모르고 사랑을 하면 사랑이
덕으로 변하는 것을 느낀다.

봄소식

입춘의 춘설은
봄바람에 녹아나고
새 생명의 새 꿈꾸던
새싹은 땅속의 온기와
하늘 향해 솟아오르고

온 만물이 희색이 만면한
봄소식에 움츠렸던 몸들이
활기 활짝 띄우며 봄소식
전해주는 봄바람 따라
날아가 보고픈 희망의 계절

한강의 두꺼운 얼음도
봄바람에 힘없이 부서지고
추위에 갇혀 있던 청둥오리도
물 위에 고개를 내밀고 헤엄치며
가족과 줄지어 행진을 한다.

햇님의 사랑

거룩한 햇님은 아침마다 희망의
얼굴로 빛을 주시며 빛 속에
새 생명의 힘을 실어 보내
만물을 성장시킨다.

햇님의 따뜻한 사랑을
인간들은 알거나 모르거나
당신은 사랑밖에 모르는
뜨거운 열기의 광명의
생명의 원천의 소유자

당신의 몸을 용광로로 녹여서
태양의 열기로 넓고 넓은
지구촌의 생명을 감싸 주시는
희생적 사랑의 은혜가 온 세상에
차고 넘치네!

마지막 길의 봉사

인생의 마지막 고갯길
외롭고 무서운 슬픔의 길
인간의 삶의 길은 외길
최후의 가는 길은 주검의 길

그 누가 대신 못가 주는 길
가고 싶은 날 택하여 못 가는 길
가는 분은 눈을 감았어도
말은 못해도 눈물 흘리며 당신을
고마워합니다.

낯선 세상 가는 길에
예를 다하여 몸을 씻기고
예복을 입히어 마지막 길에
예의를 갖춰 보내는 마음
슬프지만 경이(驚異)롭습니다.

먼 훗날 나도 가고 너도 가는
인간의 힘으로 환경의 지배를
막을 수 없는 천지가 율동하는
힘 속에 영체만이라도 생명은
없지만 기쁨을 안고 갈 것입니다.

134

생명 요소는 영원하다.

생명의 요소는 한없는 은혜로
산소와 공기와 물들이 무한히
공급되어 차고 넘쳐흐릅니다.

하오나
인간은 차려진 밥상을
먹지 못 하고 죽을죄를
졌으니 죽어야 하는 가 봅니다.

전지전능하신 조물주는
무한한 조화의 진법과
진술이 무궁하온데
살다가 죽을 생명체를
탄생시키지 않았으리라.

인간 시조의 과대한 욕망과
탐내는 욕심으로 정신과 마음이
깜깜하여 스스로 저지른 죗값의
원죄와 타락 죄와 연대 죄가

탄생부터 부여되고 삶의 생활에
잡음 죄를 저질러 죄의 짐이
무거워 살 수 없음이라.

공전과 자유자재

우주 공간의 생명선은
울 싸안고 율동 회전하고
모든 힘들이 폭발해 올라
통문 통선이 통설하고

확정 확장 되고
평청 평창을 이루어
힘을 솟구쳐 낸다.

생동 체의 기계화가
생동할 수 있게 생함이
영원토록 힘이 작용하고

작동하니 율동하고
율동하니 회전하고
증발되고 공전 자유
자재한다.

근원의 힘이 자전하니
지구가 자전의 힘에서
작동되어 기계화의

지각이 있고 윤곽이 있고
윤곽 속에서 인간이 살 수
있는 것은 산소 탄소 공기가
존재하기 때문이라.

평청 : 산과 들을 말함
평창 : 하늘의 궁창 천장을 말함

동화 작용

지구 공간 윤곽 안에는
진공상태이지만
공기의 요소와
바람의 요소와
공기선과 바람선이

음양으로 수억 천만 가지
넘게 설치하여
생물과 생명체가 동화작용
일치 자유 함은 불변 절대
약속이라.

이것이 천륜이요 천정이요
자연의 천심이라.

공간의 주인님이 수면에 운행
자유하시면서 무형실체 힘을
자유자재 하시는 은총과 은혜로

만물지중(萬物之衆)을 소생케 하는
공적의 공의(公義)공급의
사랑 속에서 생명체가 존재함이라.

수면에 운행 자유 : 조물주님 시야로 둘러보시는 것

법도가 완벽하다.

공기층에서 일어나는 기체가
천지간만물지중(天地間 萬物之衆)을
조정하고 서로 상통하고 기후와
기체가 상통하는 자유 속에
생명체가 존재한다.

천지조화로 이루어진
자유의 공간이 법도가 과학이요
전자 분자요, 전자전 분자 전으로
이루어진 호화찬란함이 아름답게

빈설선과 신설선이 고귀하게
빛 관으로 이루어진 자연의 동산이
인간으로 실색됨이 안타까움이라.

이루어진 법도가 결백한데
돌에도 성분과 요소가 있고
땅의 지리에도 지도가 붙어있고

지리학은 학문으로 지질학은 과학으로
전자와 분자가 살아서 조화로써
이루어진 형상이 진리체로다.

주제 파악

인간 나 자신을 주제 파악
해보면 죄악의 요소가
가득하고 잘 났다고
뽐내는 것이 가소롭다.

효율을 낼 수 있는 신령한
영물이 되어서 만물의 영장의
자격을 갖춘 자는 더 온유하고
겸손하며 옳은 것을 이행하고
처리 처단하는 진실 된 마음
가짐이라.

지금 때는 때를 알지 못 하니
혼비백산(魂飛魄散)하고
진퇴양난(進退兩難)하고
혼란 속에 빠져 있어

먹기만 하면 되는 줄 알고 있지만
천륜의 천정을 찾아 자연의 진리를
탐구함으로써 과학의 문, 철학의 문

학문의 문이 열려야 자연은 진실의
진리체기 때문에 자연과 대화의 문이
통달할 수 있음이라.

만학의 학문

배고픔에 시달린 역사여
공부는 생각지도 못 하고
산업의 현장에서 밤낮을
피땀 흘린 지나온
발자국 보이네!

어느덧 세월은 얼굴에
주름이 그어지고 뒤늦게
학문의 길 찾아 학교에
왔건만 총명한 머리는
찌든 때로 겹겹이 쌓여
녹슬어 있네!

녹을 벗긴 머리엔
거칠어진 촉감이 있지만
갈고 또 닦으니 아름다운
촉촉한 비단처럼
부드러워져 있네!

조학이나 만학이나
세월의 차이일 뿐
학문의 길은 새로운 도전과
영광과 기쁨과 행복을 만민이
추구하는 길이라네!

찬비 내린 날

새 동산이 춤을 추는
봄 동산 꽃동산
찬비가 내린 후 새 아침
햇살이 밝아오네

음지의 하얀 잔설(殘雪)은
힘없이 녹아내리고
새봄의 새싹 솟는 용솟음소리에
깜짝 놀라 온 세상 생명체들이
광명이 활짝 피었네!

한 냉의 긴 잠에서 움츠렸던
천지만물이 하늘 향해 모두
솟아오르고 새로운 절기의
첫 출발 봄의 축복의
놀라운 이 영광을
만천하가 즐기워하네!

영원히 밝은 자연의 광명의
자유의 은혜가 천지간에
화답하니 하늘과 땅 은혜로운
지혜의 샘솟는 생명줄이
한없이 넘쳐흐르네!

스승님과의 이별

스승님의 은혜는 하늘 같아서
하늘처럼 받들어야 할 마땅한
제자들의 책임이 부여되어 있었지만

못난 제자 저희들은 스승님께
근심과 걱정만 끼쳐드린 일 년
간의 세월이 죄송스러운 마음
금할 바 없나이다.

이제야 스승님의 참사랑의
온기를 느끼고 그 은혜에
보답하고자 하는 마음이 싹이
솟아오르는 이 순간에

야속하게도 담임의 기간이
만료되어 작별하게 된다니
한없는 아쉬움만 남게 되어
죄송한 마음뿐이로소이다.

저의 제자들은 스승님과
일 년간 함께한 문학의
배움의 시간이 즐겁고
행복한 인생의 중요한
한 토막의 역사를 머릿속에
저장했기에 저장된 영상의

필름을 스승님이 그리울 때
되돌려 보며 이 생명 다하는
날까지 스승님의 보살핌의
은혜를 잊지 않고 간직하며
살아가렵니다.

제목 : 스승님과의 이별
시낭송 : 박영애
스마트폰으로 QR 코드를 스캔하면
시낭송을 감상할 수 있습니다.

순리

자연의 순리의 순수한 흐름과
순박과 조리 단정과 정연함이
맑고 깨끗하고 결백의 결정체 같이
즐겁고 기쁘도다.

이 세상의 자연의 흐름도
절기 따라 운세 따라 온기와
온도를 조절하며 천지간 만물지중을
사랑하며 우리를 감싸주시네!

자연의 생명의 요소가 살아 숨 쉬고
그 속에 기쁘고 즐거운 영원한
인간의 생명이 살아있는 줄을
어두운 세상 이 속에서 너무나
모르고 살아가고 있네!

값없이 댓가도 받지 않는 자연 속에
살아 생동하는 공기와 바람과 산소는
인간의 생명줄이요 생명선이요
핵심의 진가 중의 진가인 것을
이제야 알았다네!

빛나는 영광

자연이 인간에게 베푸시는
무한한 뜨거운 사랑
한없는 은혜 그 찬란한
빛난 영광을 늘 기뻐하며
찬양 하리도다.

생명의 존귀와 영광이
자연으로부터 발생하고
우리 인간은 그 기와 운속에

생명체가 살아 숨 쉬고
생물체가 화려한 창조의
창극의 조화 속에 살아
있음이로다.

창조의 조화의 활기찬
생동력은 생명체를 위하여
쉼 없이 폭발하고 터지고

증발하고 공전하고 회전하며
밝은 태양의 햇살로 광명의
희망의 미래를 지켜 주심이로다.

수혜자의 본분

이 세상의 인간들이 순리를
알면서도 역행하고 죄악의
세상사에서 비리와 혼탁한

사회 현실 속에서 그래도
믿고 정하고 통할 수 있는 것은
거짓말을 모르는 자연의 흐름이로다.

나타난 자연은 결과요 결론이요
결과는 원인을 닮아 탄생했나니
자연을 창조하신 근원의 조물주님은

얼마나 거룩하고 결백하고
맑고 밝은 주인님이심을
깨달아야 할 사명이 있음이로다.

그 주인님은 이 세상에 창조와
창도관을 이루시기 얼마나 애쓰셨을까를
우리의 가슴 속에서 항상 감사하며
경의를 표하며 참된 마음으로 모시며
잊지 말아야 할 수혜자의 예의의 본분이로다.

새봄날

새로운 해운 년이 바뀌고
한랭 전선은 남쪽에서
밀고 오는 저기압의 봄바람에
고기압은 물러가고 새 봄소식은
북쪽에도 바람 따라 찾아 왔도다.

새봄이 찾아왔네!
새싹이 돋아나네!
바람은 봄소식 전하려
나무 잎사귀 눈알에

침구멍을 뚫어 새싹이
돋게 쉴 새 없는 천연의
요술로 다스려 주도다.

새 아침이 밝아오듯이
새 봄날의 희망도 밝아오네!
봄의 포근한 사랑의 온기의
향기가 온 세상 광명같이
활짝 피었네!

놀라운 이 영광이 새 봄소식에
천하 만물이 밝은 광명 속에
즐거워하도다.

149

따뜻한 봄 손님

새봄이 왔다고
종달새도 새로운
곡조 따라 노래하고

새봄은 착한 따뜻한
손님이라고 온 생명체들은
희망의 나래를 펼친다.

새로운 봄의 계절 속에
살아 있는 새 생명들이
새로 탄생되니 기뻐하며
즐겁게 찬양의 합창을 부른다.

새봄의 태양이 밝아오네
새로운 샘솟는 새싹의 광명이
이 세상을 새로운 녹음(綠陰)이

익어가는 꽃동산으로 넓고
광명한 귀하고 즐거운 화동의
봄 동산을 축하하며 웃음꽃을 피운다.

빛의 사랑

천지자유가 하늘과 땅에서
생명의 조화의 새봄을 맞아
온 만물이 태동하는 생명의
신비함을 펼치는 아름다운
새봄의 축복의 계절이로다.

새 생명의 새싹이 활기 활짝
띄우고 매일 솟아오르는 광명의
태양과 더불어 새로운 생명을
새롭게 탄생시켜주는 축복의 봄

천지창조의 무한한 힘 속에
살고 있는 생물체가 밝고도
맑은 늘 밝은 영광의 태양의

그늘아래 빛의 사랑으로 귀한
생명이 귀하게 탄생하는 생명의
귀한 영양의 원천이로다.

수억 수만만

자연의 진리 체의 광범한 은혜의
사랑의 베푸심에 이 생명 다하여서
감사하여도 부족 하나이다.

늘 새 생명을 부어 주시는 천연의
자연의 조화의 진리 체 속에
새 생명을 살려 주시는 자연의
말 없는 그 은혜를 늘 감사하옵니다.

무한한 넓고 넓은 광장으로 베푸시는
자연이 풍부한 차고 넘치는 조물주님의
은혜가 너무 너무나 백골난망이로소이다.

메마른 대지의 생명이 비틀거릴 때
내 죽은 영혼을 살려 주시는 천연의
자연의 은혜의 생명줄이시여
수억 수만만 거룩, 거룩 감사 하나이다.

학문의 제도가 증거 한다.

살아 있는 생명의 근원의
원천의 생도 관을 이루시기
얼마나 애쓰시고 애쓰셨나이까?

인간들은 살아 있는 귀하신
역사를 너무 몰랐나이다.
조물주님의 그 귀하고도
귀하신 은혜가 너무나 많고
많아 헤아릴 수가 없나이다.

죄 많은 인간들에게 생령을
늘 항상 부어 주시고 늘 항상
애쓰셔 학문 도를 여시고
늘 사랑하시는 조물주님의

피 땀 어리시고 그 애쓰시는
전력의 전류가 이 땅에 증거로
자연의 학문의 제도가 증거
하나이다.

핵 같이 반짝인다.

어둠 속에 밝은 광명이
반짝거리고 어둔 세상
무지한 인간들 알지 못하네!

찬란한 자연에 펼쳐진
살아 있는 역사가 이 땅에
널리 널리 핵 같이 광명같이
반짝이며 산과 들 궁창이
확장 확대되어 있지만 어둔
정신은 알지 못하네!

하늘의 자연의 학문이
열려 있으나 알지 못하는
미개한 생명들아 밝고도
영원하신 새 생명이
되어 보지 아니하려나?

어둔 이 세상에도 살아 있는
하늘 문이 열렸도다.
무한한 하늘의 영광이 이 땅에
있으리로다.

그 높고도 귀한 광명이 늘 함께
하시고 늘 항상 죽은 생명이
하루바삐 깨어나기를 원하시는
하늘의 그 은혜를 잊지 말아야
할 것이로다.

제목 : 핵 같이 반짝인다
시낭송 : 박영애
스마트폰으로 QR 코드를 스캔하면
시낭송을 감상할 수 있습니다.

깨끗한 표상

새봄 나라 광명이 활짝 피었네!
어둔 이 나라에 광명이 활짝 피었네!
이 모든 귀한 순리의 운세 따라
밝은 광명이 밝아오는 새 아침
밝은 광명이 너무나 즐겁고 기쁘도다.

영광이로다. 영광이로다.
새싹이 돋아나는 깨끗한 표상처럼
마음속에 꽉 찬 죄악의 요소를
모두 모두 시원하게 버리면
광명으로 변할 것이로다.

봄철에 솟아나는 희망의 새순처럼
기름같이 유하고 순하고 부드럽고
화해의 화동의 동산이 되어 인간의

마음에도 새로운 새봄 같은 새 영광이
영원히 영원히 인간에게도 올 것이
아닌가 생각해 보노라.

제목 : 깨끗한 표상
시낭송 : 최명자
스마트폰으로 QR 코드를 스캔하면
시낭송을 감상할 수 있습니다.

영광된 나라

어두운 세상에 귀하고
찬란한 태양같이 빛나고
빛난 영광이 이 땅에 멀지
않아서 영화가 있으리로다.

천지를 창조하신 조물주의
애쓰심을 생각할 때
저 높고도 광대 하시고

저 깊고도 고대하신
은혜로서 생명의 요소의
핵심을 공급하여 주시는
살아 있는 역사가 발견되었은즉

어두운 세상에서 어서 빨리
깨어나자 어서 빨리 깨우치자
기쁘고도 즐겁도다.
이 기쁜 영화가 늘 기쁘도다.

영화롭다 기쁘고 즐겁다.
영광된 나라 우리 모두
감사함이로다.

너무나 몰랐네!

저 높은 우주는 광명(光明)하고도
광대(廣大) 하도다. 그 광경(光景)이
광명하고 그 광대가 찬란하도다.

그 영광이 넓고 깊은 생명줄이
늘 항상 변치 않았도다.
땅은 깊고 광명한 찬란함이
늘 일심일치로써 영광된 나라가
이루어지리라.

땅은 깊고 사면에 넓은 광야에
창극이 놀라운 기적을 일으켜서
놀라운 기적을 이루셨네!

신기하고 찬란하며 사면에
모두 절대 하고 불변 되어
이루어진 창조의 창극의
학문도가 영원히 변치 않았도다.

창극의 조화의 품에 고이 안겨서
늘 기쁜 미소가 우리 모두 오관에
오묘하신 천지를 늘 함께 찬미하며
희색이 만면하리로다.

땅의 깊고 영원하신 어머님 같은
자비 속에서 주시는 귀하고 놀라운
젖을 먹고 살면서도 너무나 몰랐네!
너무나 몰랐네!

홀로선 어머님

어머님은 일평생 자식들 거둘 생각에
일평생 전심전력(全心全力) 진액을 다 쏟아
가족의 평안을 위해 일구월심(日久月深)
고난의 길을 걸으셨는데

고운 손, 금이 가고 고운 얼굴 잔주름이
굵어지신 어머님 당신 몸은 진퇴 되어도
자식들이 나의 전부 인양 꿈속에서도
정성 다해 공을 들이며 살아오셨네!

어머님은 한평생 보릿고개를 넘기 힘들어
고개 중턱에 걸쳐 앉아 주린 배를 움켜쥐고
쑥을 뜯어 가져와 개떡을 만들어 주시던 어머님
목숨 바쳐 이 자식 길러 성공시킨 사랑의 공로 탑

젊음이 백발 되고 구순(九旬)이 넘으신 어머님
당신 몸은 쇠퇴되어도 8남매 자식들 먹일 생각에
꿈길에서도 이름을 불러 주시던 어머님

자식을 향해 일평생 온몸을 던지고 어려운
환경에서도 주신 복을 감사하며 몸 둘 바를 모르시던
순박하고 순결한 어머님 당신 입은 말라 있어도
자식들은 배불리 먹여 주시던 진정한 사랑의 어머님

주어진 환경이 당신을 힘들게 하여도 주신 복
분에 넘쳐 감사하며 기뻐하며 미소 지으며
당신 몸은 괴로워도 꿈속에서도 자식을 불러보며

한평생 자식 위해 헌신하신 어머님! 어떻게 은혜를
갚을 길이 있을까? 청력이 약해 듣지 못하시는
안타까움에 눈을 감고 어머님을 소리 높여 불러봅니다.

하늘과 땅의 조화

바다보다 더 깊고 넓으신 자비로우신
하늘보다 더 높은 은혜와 포근한
사랑으로 감싸주시는 하늘과 땅이
없으면 생명체가 살 수가 없도다.

이 기쁜 영광과 이 즐거운 귀함이
수정같이 맑고 아름답고 신선하며
결백한 청백하신 원인을 닮은 자연의
진리의 학문 속에 내포되어 있도다.

부족한 우리 인간의 모습을 탓하지
않으시며 우리를 늘 사랑으로 감싸
주시며 은혜와 은총으로 보살피시며
공적의 공의로운 사랑을 베풀어 주신다.

수많은 이루어놓으신 자연의 은혜로움을
갚을 길이 없는 것을 잘 알고 있으면서도
우리 인간들의 행함은 보답하지 못 하니
수억 수만만 거듭거듭 감사하옵니다.

제목 : 하늘과 땅의 조화
시낭송 : 박순애
스마트폰으로 QR 코드를 스캔하면
시낭송을 감상할 수 있습니다.

162

고 독

고독은 외롭고 고생스러운 삶인가
고독에서 벗어나면 웃음이 나온다.
나 홀로 살고 있어 고독하다 하지만
고독을 견디다 못해 고독사(死)하는
고독지옥(孤獨地獄)이란 말이 나온다.

고독의 보약은 웃음이 보약이라서
웃음으로 병을 치료하고 웃으면
엔도르핀이 몸에서 생산되어 이 귀한
물질이 뇌나 뇌척수에서 액에서
추출되어 진통 효과에 매우 탁월하다.

인생의 고통의 고독도 웃음이 없는
삶은 괴로우며 허전한 마음이 깊이
파고들어 세상은 고독 병에 오염되어
남을 용서할 줄을 모르고 의견이
다르다 하여 남과 다투는 것은 바로
정신적인 고독 병인 것이다.

요즘 세상은 시끄럽다 고독해 보인다.
고독의 몸부림은 웃으며 살려는 노력과
진실과 정직한 마음가짐을 가져야 하는
노력이 필요한 극복의 과제로써 웃음을
찾으려는 간절한 염원일 것이다.

삶의 추억

세월이 물같이 순리로 흐르고
그 속에 인간의 청춘의 젊음도
떠내려가 젊었던 시절은 추억 속에
잠들고 나이가 들면 소식 없이
하나씩 낙엽 지는 친구들의
옛 모습이 그리워진다.

어린 시절 따뜻한 봄철에
보릿고개를 넘기가 너무나
고갯길이 험하여 덜 익은
보리 목을 잘라 숯불에 구워
먹던 입술은 까맣게 물들고
허기진 배는 부풀어 올랐었다.

흘러가는 세월에 뒹굴다가 부딪쳐
상처 입으며 휘몰아치는 생존경쟁의
소용돌이 속에서 필사적인 승리의
깃발을 꽂았으나 이제는 황혼빛이
나를 비추고 있음이 안타까운
심정만 가득하도다.

한순간 지나가는 소나기처럼
삶의 지난 세월의 뜨거웠던
용맹스러운 용기도 이제는 다
식어버려 남은 생의 세월 이나마
귀한 금처럼 쪼개어 쓰고자 하노라.

진실은 불변해야 한다.

인생사 속에 만남의 인연은 소중하고
귀하고 귀한 알찬 핵심의 중심이니
한 번 맺은 인연은 불변의 심정으로
영원히 간직하고 유지하는 것이 자산이로다.

고도의 정신세계를 수행한 자가
저도의 머리를 굴려 비양심으로
대하는 상대를 보면 고지에서 내려다
보는 사람은 실망을 하게 된다.

왜? 그 속을 다 내려다보고 있기 때문이다.

오늘 목마름의 갈증을 해결했다고
오랫동안 먹던 우물에 침을 뱉지 말자.
가뭄이 메말라 땅이 갈라져 목이 탈 때
다시 우물을 마시게 될 때 무슨 낯으로
그 우물에게 무어라고 말할까?

사람은 항상 모나지 아니하고 둥글게
둥글게 뒹굴며 상대와 관심을 같고
내가 등을 돌리면 상대는 무시하고
마음까지도 돌려 버리니 항상 은혜는
은혜로 답해야 함이라.

만남의 인연은 소중하게 아름답게
존속되어야 하고 그 인연을 영원히
아름답게 지혜롭게 가꾸어 꽃을 피울
수 있는 자가 현명한 사람일 것이다.

만물의 영장

인간은 인물을 띄우고 났기 때문에
만물의 영장이라 공자님은 말했다.
만물의 영장이라면 앉을 때와

설 자리와 상하를 구별하고 분별하고
모든 법도를 이행할 수 있는 참됨이
있어야 하는데 말로만 풍성하다.

국가는 공적(公的) 공의(公義)를 한다지만
자리에 앉은 사람은 감투를 쓰려고만
몰두하고 강력한 강자들이 옳지 못한

강력을 가지고 강자 노릇을 했기 때문에
강자의 구속에 매인 약자가 구속에 매여
움직였다는 사실이다.

공의라 함은 공평하게 다스리며 사랑할 수
있는 권능을 베풀어야만 참됨을 이루어야
만이 되는데 이루지 못 함으로써 전진 자유
하지 못 하는 것이 인간의 본능이다.

말로만 공의를 외쳤지만 백성을 사랑하고
진실 된 마음으로 국가에서 정세를 깨끗하고
맑게 보며 공평하게 못 하고 자기들 명예
위치 권세 권력이나 나타내려고 함이 바로
인간의 본능이다.

긴 생머리

향수 냄새 풍기며 생머리 휘날리며
긴 생머리 예쁘게 춤추듯 걸어간다.
아가씨의 품위와 예쁨이 향기로워
출근길의 남성들 마음을 사로잡네!

얼굴형은 귀엽고 머리는 빛살같이
빛이 나고 최신의 패션의 디자인에
옷매무새 향수와 꽃향기 신선함이
향기로운 향수와 꽃향기 가득하다.

사랑스런 청춘은 향기가 넘쳐흘러
아름다운 여성의 미모를 빛내 주며
미의 상징 사랑의 표출이 나비처럼
아름답게 춤추는 설렘이 충동한다.

하얀 얼굴 하얀 손 긴 머리 찬란하고
예쁜 몸매 매력이 핵같이 빛이 흘러
나비 같고 꽃 같고 꿈같은 행복감이
꿈속에서 그리워한다면 어찌하나

백합화

이른 아침 둘레길 백합화 만발하고
바라보는 내 눈에 눈동자 빛이 나고
순백색의 청순한 순결한 백합화야
사랑받기 위하여 백색을 택했느냐

네 꽃에서 풍기는 향기는 달콤하고
시골처녀 순박한 숨결과 같이하고
비단같이 고운 살 백색의 순결함이
깨끗하게 햇빛에 반사돼 찬란하다.

백합화야 얼굴도 마음도 부드럽고
사랑받는 사랑의 모습이 만면하고
활짝 웃는 새 아침 인사에 소녀같이
숨김없는 소녀의 마음을 펼쳤구나!

가시밭에 넝쿨 속 네 몸이 있다 해도
그 가시는 백합의 빛살에 감춰지고
아름다운 새하얀 백합의 화려함이
꽃 중에 꽃 백합화 꽃잎이 황홀하다.

황금은 흑 사심

인간의 본능이 얼마나 지저분 한가하면
황금은 흑사심이다 라고 한다. 선비가 글만
읽고 책 속에 내용을 보면 진리를 알게
되어 올바르게 살려고 애쓰는데 이런

선비도 황금에는 추하고 누추하고 더러워
금에는 마음이 검어지더라. 선비는 학문만
달통했기 때문에 욕심이 없음으로써 황금은
흑 사심이라 그 누런 마음을 검게 하더라.

인간의 본능이 참으로 한심하다 착한 사람은
말은 안 하지만 속으로 다 해 먹고 성질이
발랄한 사람은 까서 거죽으로 내놓고 해 먹는 것

정신의 요소 마음의 요소가 단조롭고 단순하고
그 깊음이 없고 무게가 없기 때문에 이 사람
저 사람 말에 간신이라는 말과 다름없음이라.

인간의 머리는 하늘을 상징하고 양쪽 날개는
좌청룡 우백호를 상징하고 우리 코를 중심으로
계곡에 내려오면 인간의 정표를 상징한다.

귀한 정표를 결백하게 지켜서 결백할 때

불변의 정의가 거기에는 스스로 따르기 때문에

언제든지 진실이 포함되어 있음이라.

제목 : 황금은 흑 사심
시낭송 : 박태임
스마트폰으로 QR 코드를 스캔하면
시낭송을 감상할 수 있습니다.

어머니

세월이 갈수록 불러보고 싶은
그 이름 어머니 내가 아플 때나
슬플 때 옆을 지켜 주시던
사랑이 가득 담긴 따뜻한 손길
그 은혜 한이 없어라.

이 생명이 살아 피가 도는 한
어머니의 간절한 기도와 사랑은
무쇠도 녹이고 남극의 빙하도
녹여주는 강력한 사랑의 힘이어라.

자식을 향한 사랑이 차고 넘치는
목메어 아뢰옵지 못하는 기도는
증오도 미움도 사랑의 위력 앞에
태풍에 밀려가듯 사라져 간다.

앉으나 서나 언제나 따뜻하고
넉넉한 사랑의 미소로 나를 위해
밤새워 빌어 주시던 그 정성
뜨거운 눈물 나의 어머니 사랑이었다.

나의 생명을 세상에 내놓으시고
내 생명을 키워주신 생명의 은혜
때로는 피를 토하며 사랑으로 애태우신
어머니의 거룩함의 은혜이어라.

어머니의 진실한 애절한 절규의
사랑의 복받침의 기도는 깊고 넓은
바다 같은 사랑 태산이 높다 하여도
뼛속까지 사무치는 극진한 큰 사랑에
비할 수 없으리라.

제목 : 어머니
시낭송 : 박영애
스마트폰으로 QR 코드를 스캔하면
시낭송을 감상할 수 있습니다.

유형 실체

천지조화가 생동치고 있다는
것을 느끼고 무한한 힘의
근원의 무형이 있음으로써
유형의 실체가 나타났다.

실체가 있음으로써 자연의
무한한 광경의 펼쳐진 장을
펴서 아기자기하게 이루어
놓은 자연임을 느낄 수 있다.

불덩어리의 그 원료가 식어서
고체를 이룬 체대가 바로
형성이 바로 실체의 공간에
장을 펼쳐 드러낸 몸체와 같다.

근원의 원료와 원문으로 이루어진
찬란함이 수 억 년이 가도 변하지
않았지만 인간이 산을 깎고 밀고
망가트려 놓음이 아쉽다.

창조의 신비

천지간만물지중에 나타난
찬란한 지도와 지형이 또한
무형실체와 유형실체가
잘 주고받아 존재한다.

갖가지 생물이든지 광물이든지
답답함이 없이 창조물로써
창조의 신비를 나타내고 있다.

이러한 창극의 광명이 저절로
온줄 알지만 우리 생명과 같은
공기가 없으면 이 세상에
존재하지 못한다.

산소가 없으면 호흡을 못 한다는 것
땅이 없으면 다니지 못 한다는 것
하늘 궁창이 천장인데 이것이 없으면
살 수가 없을 것이다.

인간은 무지하여
해가 있으니 낮이 있는가 보다
달이 있으니 밤이 있는가 보다
이 모든 상통자유 하는 이치와
의미를 알지 못함이 아쉽다.

바람선

자연은 천지간 만물지중은 바람으로
다스려 존재케 한다. 봄에 온 만물이
소생하는 입하 때는 바람 선에서
침이나가서 나무에 눈을 찍음으로써
금이 가니까 잎사귀가 나와 확장된다.

지구는 힘이 응시되어 서로 밀고 당겨
율동회전하고 발사하여 형성된 공간에
지형 지수와 킬로를 놓아 지리는 지도가
판에 박혀있고 좌청룡 우백호가 완벽하게
응시되어 자비철학으로 흐르고 돌게 기운을
준비해 응시되어 있다.

명기전은 맥박이 뛰고 정기전이 동하니
명기가 돌아가 활동하는 이치처럼 인체의
피가 돌듯이 이루어 놓음이 찬란한 지리는

지리학의 학문으로, 지질학은 과학의 학문으로,
이루어지고 수독과 지독 밑에는 마그마가
와글바글 쉭 쌕 왕왕 쌩쌩하며 구풀넘실
돌아가고 돌아온다.

돌

우리가 돌을 하나 깨 보아도
저절로 오지 않았다.
화락 화진도에서 나온
불이 식어서 돌이 되었다.

결정체가 식은 것에는 수정에는
보석이 들어있고 보석에는
다이아몬드가 들어있고

쇠의 철분은 금이요 금을 은이
싸고 있고 백금이니 노란 금이니
성분도 많다.

물에는 지층이 있고 모래가 있고
흙이 있고 이렇게 시루떡 같이
지층을 쌓아 올려 이루어졌다.

이러한 지형 지수의 킬로에 전지 술을 놓아
전지 술은 도술진문이 딱딱 붙어서 이루어진
찬란한 경쾌하고 통쾌하고 시원하다.

화락화진도 : 화학의 근원 원료

오향정기

인간은 일과 월과 해를 타고
천문지리 진전에 운세를 타고
오향정기를 가지고 이 땅에
태어났다.

이 모든 중력의 힘을 입고 힘과
생명의 요소를 입고 살면서 항상
깊고 넓은 마음에서 자연을 사랑하는
감사하는 마음이 감동해야 만이
은혜가 차고 넘칠 것 같다.

무지하고 미련하고 목매한자가
무언으로 깨달아서 높고 낮음을
분별하여 좋은 일을 실행하면
편안한 마음의 화평이 돌아올 것이다.

흔들바위

사람 마음은 갈대와 같다

왜?
바람이 부는 대로 흔들린다.
바람이 부는데 안 흔들리겠는가?
중심의 뿌리가 온전함을 지켜
정신을 차려 흔들바위가 되지 말자

하룻밤을 자도 만리성을 쌓는다.
하는 말이 그 의미가 얼마나 깊은가
정(情)과 정이 통해야 만이 진실이 있고
진실과 진실이 통함으로써 조화가
이루어지는 법이니라.

부부가 서로 수수작용을 이루는 시간의
쾌락을 거기서 멈추지 말고 영원히
간직하고 서로의 살을 섞고 흉허물
없이 사는데 영원하지 못함은

서로 사랑싸움은 장난하다가 할 수가
있지만 갈라지는 것은 있을 수 없는
아주 비극일 것이다.

전파선

우리가 살고 있는 지구 윤곽이
둥근 것처럼 인간의 머리도 둥근데
양쪽 옆에는 전파선이 붙어있어
만물의 소리를 거둬 넣는다.

수정체 동공은 만물의 형상을 거둬 넣고
중앙을 통해 계곡을 내려오면 코가 있고
이것이 진미 선을 거둬 넣는데 신경을 통해

마음에 전달되면 좋은 냄새는 상쾌하고
좋으나 고약한 냄새가 나면 신경이 통하기
때문에 찡그린다.

다음 내려오면 말할 수 있는 구강이 있어
달고 쓰고를 느끼며 속으로 들어가면
식도 성대 소리를 내는 기관이 있다.

그 밑에 심장 간장 비장 소장 대장 내려가면
정표가 붙어있고 양쪽에는 좌청룡 우백호가
붙어 있다. 그래서 얼굴에는 오향정이라고
함이라.

두뇌

인간의 두뇌에는 선이 수억 천만 가지
지도같이 요리조리 골이 꽉 차 있다.
골이 덜 차 있으면 사람이 얼 띠다.

오향의 정기를 두뇌에서 가지고 있어
오향정기를 타고 났다고 함이니라.
정기가 흐르고 돈다는 것은 피와
경락이 돈다는 것이요

오른쪽 뇌에는 정신이 존재하고
왼쪽 뇌에는 마음이 있어서 오른쪽 뇌에서
명령하면 왼쪽 뇌가 받아서 세부선이 짜르륵
가슴으로 느끼며 왼쪽 뇌는 논리라고 해도
과언이 아니다.

따라서 오른쪽 뇌에는 오향정기를 지키고 있고
왼쪽 뇌는 육신을 지키고 있음이라.
정신과 마음이 일치가 되었을 때 올바른
행함이 따른다.

4해 바다

지구 공간에는 세부조직망이 4해 8방
4진문이 동서남북으로 천문으로 이루어져
있지만 보이지 않아도 동서남북은 어린애도
자연이 알게 되어있다.

동해 서해 남해 북해 바다가 물이 분명히
왜? 저장되어 있는 것일까?
물이 4면에 저장되어 있지 않으면 수분이 없다.
우리는 공기만 있어서도 못 살고
        태양만 있어서도 못 살고
산소, 탄소, 이런 요소만 있어서도 안 된다.

물이 바다로 인해서 수분으로 산으로 돌아서
저 높은 계곡을 통해서 가나수로 개울로
강으로 통해서 민물로 인해서 과목이든지
잡초든지 너무 짜면 뿌리가 상하고 죽지
않도록 그 물이 염분에 똑 알맞게 골고루
공급해 낸다.

기름같이 유하고 물같이 맑은 화학에서
성분의 요소가 조화를 이루어 흐르고
돎으로써 온기와 온도를 조절할 수 있고
자유자재가 완벽하고 이것은 전부 과학으로
이루어진 요소의 조화다.

상대조성

지구가 태초 발사 발생할 때에
지형 치수를 놓으면서 조화를
이루면서 각도를 정해 계곡을
통해 좌청룡 우백호가 응시되고
딱 정해져 있다.

이러한 폭을 면적이라 하고
이러한 면적의 산의 명기가 응시하고
명기전이 작용하니 명기가 동하고
정기전이 작용하니 정기가 동하여
활동한다.

명기 정기가 상대를 조성하며
액체가 흐르고 돌며 온도를 조절하고
봄에는 땅에서 새싹이 올라온다.
소생을 위해서 추운 계절에 잠자던
식물들이 깨어난단 말이다.

죽은 듯이 정신이 없이 자는 것이
아니라 잎사귀만 없는 것이지 맥이
흐르고 도니까 살아 있는 것이요
가만히 있으면 다 얼어 죽는다.

형성의 자유

천하 만물지중에 보이는 생물에
이루어진 형성의 자유도 어떠한
성분을 지니고 요소를 일으켜서
어떠한 조화를 일으키는지
모르는 것이 사람이다.

공기와 바람을 보아도 물을 보아도
세상의 모든 잡초나 물체를 보았을 때
맑고 깨끗하면서도 순수하고 순박하면서도
소박하다.

천지간 만물지중은 저절로 오지 않았다는
것을 분명히 알아야 한다.

천지를 창조한 조물주의 작품은 또한
맑고도 찬란하며 고귀하고 광채가 나가고
서기발이 뻗치며 무한한 힘이 발사될 수
있는 이러한 중심의 힘의 존재이다.

자동과 순리

사람은 아무리 미개하다 할지라도
지능이 있고 생각할 수 있는 마음이
완벽하기 때문에 우주 공간을 살펴볼 때
사람은 할 수가 없음을 생각해 본다.

이 공간에 꽉 차 있는 생동하는 힘이든지
생명은 없지만 중력의 힘이든지
자석의 힘이든지 자력의 힘이든지 어떠한
근원에서 체를 이루어 힘을 발휘하는가를
알지 못 한다.

모든 힘의 자유와 자동과 순리와
자유롭게 진행되는 천지자유가
모두 음양 지 이치로써 주고받는
상통의 자유든지 상대의 조성이든지

딱딱 체계가 분별 되어서 조리질서
정연한 입체적인 원리 논리로 되어있는
이치와 의미에 상태의 상황이
완벽하다는 말씀일 것이다.

둔갑장신

지상에 사람이 태어나면서부터 보이지 않는
힘에서부터 보이는 윤곽이 나타나고 형성과
형상을 이루어 완벽한 존재인 까지를 모르는
인간은 힘의 존재 인이 될 수가 없다.

인간이 도를 할 때 산중에 들어가 독경을 해 가지고
주역과 육갑 술을 통해 놓으면 이산이수 축지도 하고
둔갑장신을 사람을 조그맣게 개미같이 만들기도 한다.

조물주님은 조그맣게 하시면서도 확 다른 모습으로
완전하게 만드신다.

하지만 인간은 둔갑술을 그렇게는 못하고
그 도인들이 한 백 년 이백 년 도를 한다 하지만
자기가 아주 가장 크게 해야 이산이수 축지를
해야 하는데 못 한다는 것이다.

어떻게 힘 막이 있는 것을 자기는 모르면서
주문을 외운다고 힘이 올 수가 있는가?
그러나 하늘의 존재 인들은 그 힘을 타고 나가면
눈 깜짝할 사이 먼 공간도 갔다 올 수가 있다.

자아발견

하늘의 힘의 존재인과 땅에 죽은 인생과 같은
무지가 완벽하게 분리되어 있음을 발견해야 한다.
우리가 자아를 발견하자 말은 쉽지만
하루아침에 절대로 이루어지는 것이 아니다.

내 성품이 단정하고 내 성품이 포악하고 난폭하고
좋지 못한 성품을 꾹 누를 때는 참아서 오래 참고
견디는 인내의 극복을 가지고 또 견디는 강력한
힘이 완벽함으로써 때에 맞추어 말없이 조용히
펴나가는 것이 바로 자아발견이다.

자연에 이루어진 모든 것을 분별하고 인간을
검토해서 발견해 본즉 그 사람의 행동태도와
옳지 못한 것이 저 눈동자에서 나오고
저 찰색이 얼굴에서 나오고 몸짓하는 데서
나오고 걸어가는 뒤통수에서 나온다.

상대를 분별할 수 있는 자가 되었을 때 자아
발견자가 된다. 그런 자는 깊고 넓은 마음이
있기 때문에 남이 볼 때 못 참을 것을 참을 때
저 바보 같은 자란 말을 들으면서도 바보짓 한다.
때를 알기 때문에 그것을 상관치 아니한다.

찬란한 명성

이 공간에 나타난 자연은 우리가 볼 때도
온유하고 겸손하며 유유하고 찬란하며
그 정경이 찬란한 명성을 이루었다.

그 정경을 갖가지 새 모양, 고기 모양, 학 모양,
오물조물하게 모든 벽상에 벽화가 그러한
그림같이 이루어진 광경을 정경이라 한다.

보는 눈이 참 즐겁다. 그러니까 명성을 떨쳤더라.
이름을 날렸더라. 산수 수려하다.
이것은 각도를 딱딱 정해서 물도 높고 높은 데서
흘러내려 가나수가 흘러 조그마한 냇가를 통해
강으로 흘러 민물이 바다로 간단 말이다.

그래서 굽이굽이 쳐 가지고 우리 지구 공간은
물에 잠긴 섬에서 살고 있지만, 굽이굽이
평풍같이 돌아간 찬란한 광경에 영광스런
정경으로 이루어져 있음이라.

불에서 물이 나왔다

인간은 너무 욕심을 부리지만 한계가 있어
현재에 감사하는 마음이 현명한 것 같다.

자연의 섭리를 주관하시는 조물주님은
우주 공간에 만유일력으로 빛으로 만물을
소생하게 하는 힘을 자유자재 하시고

만유월력으로써 고체와 진미를 내어 주시는
것을 자유자재 하시고, 만유인력과 만유원력으로
온기와 온도를 조절하시고, 기후가 받아
천지간 만물지중을 조절하고

기체가 땅의 공기에서 나타나는 기체로써
천지간 만물지중을 조정하신다.

기후가 기체가 서로 상통 자유하고
기체와 고체가 서로 자유자재하고
모든 과학이 공기에서 바람을 가르고
바람에서 불을 가르고 불에서 물이 나오고

액체들이 영양소인데 공의 공급해서
높고 낮음 없이 자연의 생물이나
사람에게 공급해 주신다.

제멋에 산다.

사람은 죄를 지으면 사망을 낳고
죽음을 선택하여 육신을 벗어놓고
죽음이 모든 만사가 헛됨이라.

사람은 누구나 물론하고 잘났다고
제멋에 살고 있단 말이다.
제멋도 하나 없는데 멋을 내고
멋이 있으면 멋쟁이인데 멋도 없는데
멋을 내니 꼴불견밖에 더 되는가?

한 번 힘의 존재 인이 되어 동서남북하고
추풍낙엽같이 이적을 행할 때는
동쪽에서 서쪽으로 바람같이 날아
다닐 수 있는 이러한 자가 되어야
하지만 그러지도 못하면서

생소한 고도 고차원의 새 말씀을 들려주면
내 마음속에 들어왔을 때 아주 기쁘고
즐거워야 만이 그 천륜과 가장 가까울 것이요
죽음을 걸고 몸부림칠 때 하늘의 학문의
문이 열릴 것이다.

비밀

자연은 변함없이 절기 따라 딱딱 맞추어
잎 피고 꽃 피고 열매 달리고 진미를 내고
고체를 이루어서 아름답게 이루어진다.
그런데 사람은 부패물이다.

제일 알곡을 먹고 영양소를 받아먹으며
생명체를 지녔어도 사람의 그 모든 행함이
옳지 못하기 때문이다.

높은 사람은 낮은 사람을 구속하고 노예같이
대하니 이러한 인간 사회에서 돌아가는 것을 보면

사업가는 사업가대로 서로 속이고 서로가 서로를
속이니까 자연이 그 비밀을 많이 아는 자를 죽이려 한다.

그 비밀이 영원히 보장될 줄 알고 단순하고
단조롭게 죽임으로써 거기서 자꾸 죄악이 싹튼다.

서로가 속이니 마음과 마음이 통하지 못하고
이쪽과 저쪽이 똑같은 자가 되는 세상이다.

숫자와 수학

조물주님한테 인간은 대접을 받을 생각을 말라.
그분의 위치가 거룩하시고 전지전능하신데
인간의 대통령에 비하겠나
유명한 수도인에 비하겠나
어느 의인에 비하겠나

그분께서는 우리를 마음대로 걸어 다니라고
지리에다가 지도를 판에 박혀 숫자와 수학과
1234로 택해서 지형지수를 이루어 전개 시켜서
순리적으로 학문을 이루어 놓았기 때문에
우리가 다닐 수 있다.

흙은 토색의 성분이 수억 천만 가지 넘고
흙의 조화가 무한정하다. 모든 생물이 어떠한
생물은 어떠한 토색이 맞고 모든 작물이 전부
체계를 세웠다.

농사짓는 사람은 농사의 능력을 갖게 하여
다 벌어먹게 환경의 지배를 만들어 놓았단
말이요 그래서 땅을 파서 농사를 짓게
만들었으니 그 지배를 받는다.

과학자는 그 과학의 성분과 요소를 연구하여
알게 되고, 그것으로 돈이 나오게 하여 먹고
살게 되고, 전자 분자도 물론이고 사람을 가르치는
인도자는 그것으로 먹고 살게 하고 아니 준 것 없이
무엇이 있는가 생각해야 할 것이다.

천정이 끊어진다.

옛날 농업 경제 시대에서는 부모가 논과 밭을
자식에게 다 물려주려고 애썼지만 지금은 자기가
살기가 급급해 부자지간이 진지한 불변의 정이
철통같이 맺혀져서 천륜이 완벽하게 되어 있어서
그 피와 모든 것이 흐르고 돌면서도 자식이 부모를

속이고 부모가 자식을 믿지 못하는 천정을 잊어버리는
불효막심하고 불효막대하니 지금 운세 따라서 아들에게
돈을 다 주면 자기 신세가 고달프기 때문에 대학교까지만
가르치고 약은 노인들은 자기가 가지고 있고 물려주려고
하지 않는 것 같아 천륜의 천정이 끊어진 느낌이다.

또한 스승과 제자가 다정하다 할지라도 스승과
제자는 부모와 자식과 같은 정이 있는데 서로가
믿고 정하려고 하지만 스승이 제자를 믿을 수 없고
제자가 스승을 믿지 않아 상하가 분별되지 않고

고하고지가 없어졌으니 예를 지키고 어떻게 법도가
이행되겠는가를 생각해 볼 점이 현실이 되었다.

갈급

사회와 국가의 정치가 공적에 공의에
공급이 정의롭지 못하여 부패가 되니
사람들의 정신과 마음이 메말라졌고
그중에서도 갈급을 느끼는 개성 체들이
좋은 마음은 애가 타고 안타까움을 느낀다.

유명한 도인들은 사람들 있는 곳에서 도를
하지 못하고 환경의 지배를 받기 때문에 산에
들어가 자연에만 묻혀서 공부를 하다 보니 너무
인간들이 사는 세계를 도저히 이해를 못한다.

사실은 사람이 있는 곳에서 부딪치며 자연을
연구하고 인간을 검토해서 발견해 내고 자연을
보고 검토해서 발견했을 때 모든 것을 분별할
수 있는 은혜 자가 될 수가 있다.

그럼으로써 깊고 넓은 마음이 감동함으로써
부모의 심령이 자연이 그 마음속에서 싹 틈으로써
진실은 진실대로 통하고 거짓됨은 거짓됨으로
통하기 때문에 진실은 또한 영원하고 가짜가
될 수가 없다.

정신은 밝고 신선하다.

사람의 머리는 지구같이 둥글기 때문에
둥근 머리에 반짝반짝한 정신이 들어있다.

오른쪽 뇌에는 정신이 있고 왼쪽 뇌에는
신경선이 생명선이 들어 있다.

정신은 가장 밝고 신선하며 맑고도 깨끗하며
반짝하는 속도가 무한정하고 무언무한하다.

이런 정신과 일치되어 있는 생명은 정서를 지니고
질서를 가지고 모든 것을 알아서 처리할 수 있는
능력을 가졌다.

정신은 밝고도 맑기 때문에 아는 것으로
밝다 하고 보는 것으로 맑다 하는 것이다.

정신은 속도를 가지고 있으면서도 가볍고
신비하고 무한하고 신통력을 가지고 있다.

생명은 정서를 지니고 질서를 유지할 수 있는
자유의 힘이 있고 마음은 아주 논리적으로
생각과 모든 것을 세부조직망이 무한하다.

그러나 인간은 정신자체가 잘못 되어서 생명을
지니고 살면서도 그 생명의 가치를 잃어버렸기
때문에 정서의 내용을 초월할 수 있는 능력이
없는 것이다.

자연의 섭리

우리가 살고 있는 우주 공간은
학문의 제도로써 자연의 일치로
과학이든지 학문이든지 명백한
증거가 완벽하지만 하루아침에
절대로 알 수가 없다.

우리 정신이 아주 밝다는 뜻은
눈이 밝고 보는 것이 아니라
우리 수정체 동공이 만물의 형상을
거두어 넣을 때 분별하고 분리하고
분리진문을 정확하게 알고

명확하게 전개되는 이치와 법률의
참된 법회의 법도를 다 알지는 못
하지만 어느 정도 알아야 하기 때문에
하루아침에 자연의 섭리를 말로는
하지만 우리가 사는 이치와 의미가
어떠한 것인가를 모르고 산다.

젖줄

우주 공간의 천판에서 항상 변함없는
태양은 아버지 사명으로 무한한 사랑의
일력으로 만물을 소생시키며 항상 공평
하고 진실한 사랑으로 감싸 주신다.

땅은 어머니 사명을 지니고 물체를
성장시키고 우리 인간들이 젖줄을 빨고
살 수 있음이 산소와 공기의 공급으로
호흡을 하니 생명의 젖줄이다.

공기의 압축으로 산소가 공급되고
생리작용 할 수 있는 산소들의 생명체가
호흡하는 생물들이 무한정 하고
일산화탄소와 이산화탄소가 무한정하다.

그러나
사람의 입에서는 악취만 나고 무슨
탄소가 나온다지만, 천만의 말씀
밥 먹고 트림하면 나쁜 공해만 나온다.

꼴불견

사람은 학문을 배울수록 깊고 넓은
마음을 가져야 한다.
뽐을 내고 거드름 피우면 꼴불견이다.

순수하고 순박하고 소박할 때 거기에
큰 영광이 이루어질 것이다.
감사하고 검토하고 관찰함으로써
반성하는 기회를 살펴보게 된다.

우리가 이치에 맞는 말만 뱉으면
그것은 알곡이요, 어긋나는 말을
뱉으면 그릇에 있는 물을 쏟는 것이니
다시 못 담는 것이다.

담으려 해도 공간 안에는 힘이 붙어있어
땅으로 들어가 버린다.

자력과 자석이 무한히 작용하고 진공전과
자석전이 서로 조성하고 작용을 하니
이 안에서 생명체가 율동회전하고

힘을 내고 폭발하고 겉의 선들이 서기를
내고 힘을 내니 통선을 펴서 평창으로
이루어져 있다.

절대 불변

조물주께서 이루어놓은 작품은 절대 불변이다.

왜?
공기 바람이 변하였는가?
사람들이 공해를 발생시켜서 공기가 탁할 뿐이다.

근원의 생명의 요소의 조화는 영원불변이요
아주 찬란한 빛 덩어리가 서기가 나가면
나가는 대로 조화를 이루어 갖가지 성채가
영롱하고 선명 섬세하고 어떠한 광선이
비치면 조화가 일어난다.

여기에 생명선의 음양의 요소의 근원을 지니고
조물주님은 당신은 당신을 알기 때문에
힘의 중심체요, 힘을 자유자재 할 수 있고
마음대로 할 수 있는 능력의 권능자 이시다.

가장 현명하고 신선하고 가볍고 밝고 맑고
깨끗하면서도 정신과 마음을 갖추어 놓으니까
연구 과목이 무한정 하시다.

방언

자연의 이치와 의미는 어길 수 없는
완벽이다. 조물주의 작품이기 때문이다.

인간은 조물주의 아들 따님이
무엇을 하고 계시는지도 모르면서
사는 것이 무지하고 미개인이다.

이 땅에 왔다 간 선지자들이
자기가 정신을 갈고 닦아서
역사한 것이 아니라 조금 정성 드리고
심덕이 착하면 하늘에서 알려 주어서
말을 했던 것이다.

그래도
인간은 정신과 마음과 육신을 쓰고
사는데 귀신 말을 듣는 것은 안 된다.

의사 귀신이 붙으면 수술한다 하고
미국 귀신이 붙으면 영어를 하고
중국 귀신이 붙으면 중국말을 하고
이것을 방언이라 한다.

조물주와 그분의 아들따님들은 위치가
있지 인간의 왕들도 그 자리가 있는데
아무 곳에나 나타나시는 분이 아니시다.

마음이 가슴에 있나?

사람은 오른쪽 뇌는 정신이요
왼쪽 뇌는 마음이다.

정신에서 마음에 전달되면
왼쪽 뇌에서 정기가 오면
뇌신경에서 가슴에 자극이
오는 것이다.
마음이 가슴에 있는 것이 아니다.

오향정기를 제대로 타고난 사람은
눈이 또렷하고 걸어가도 탄력성이
있지만, 정신이 흐릿한 사람은
양쪽 어깨가 축 늘어져 흔들흔들한다.

인간은 미개해서 배운 자는 아는 체하고
거드름 떨고 하니까? 아니꼽고 더러워도
참아야 하니까? 인내하고 극복하자
이런 교훈이 나온 것이 아닌가 싶다.

겸손

인간은 정신과 마음속에
시기와 질투와 도둑의 마음으로
꽉 차 있으면서 복을 받으려고
하면 누가 복을 주겠는가?

조물주님께서는 그럴수록
줄 것도 안 주신다.
복 받을 생각을 말고 정신과
마음을 잘 갈고 닦으면 복이란
스스로 오게 되어 있는 것이
순리일 것이다.

항상 인간은 주제 파악을 하고
잘난 체하지 말고 겸손한 것은
없지만 흉내라도 내야 할 것 같다.

저 하늘에 태양은 미운 사람
고운사람 똑같이 천하를 밝혀주는
은혜로움을 자연을 보며
깨달아야 할 것 같다.

진공

이 우주의 창조 창설의 극치의 위대함은
태양이 증거하고 있지 않는가?

우주 공간이 진공으로 되어 있는데
생명선을 설치하여 층과 층면을
이루어 놓았다.

공기를 무한정 하게 채워 놓았다.
산소가 나와서 공기와 주고받고
기체든지 갖가지 힘들이 상통되어
동화작용 일치 되어 있다.

중력의 힘, 자력의 힘, 자석의 힘이
상통되어 지구가 돌아가는데 흔들리는
우레 같은 소리를 진공 속에 싹
들어가게 하고 흔들리는 것은
자석전이 잡아 고정시키고

전파선이 지형 지수에 따라 잡아드리고
내 보내고 질서 있게 논리적으로 자연의
섭리가 이루어짐을 분명히 알고 살자.

공간을 발사 하다.

사람은 기후를 조절할 수 없는 힘없는
존재로 환경의 지배를 받는 존재다.

보이지 않는 힘을 자유자재 하고
모든 생물체와 생명체를 동화작용
자유자재 할 수 있어야 만이
주에 사명을 할 수 있는 것이다.

이러한 주에 사명을 주어도 감당
못하는 사람이 주가 될 수가 없다.

조물주님과 그분의 아들따님들 만이
주에 능력을 발휘할 수 있는 자요

이 공간을 발사할 때 조물주님은
동, 북쪽을 발사하고 서쪽은 따님이
발사하고 남쪽은 아드님이 발사를 하셨다.

네 분이 발사를 하여 불이 사면에 발생되어
이글이글 꽃같이 그 진도가 올라가고
찬란한 꽃같이 이루어졌음이라.
그 불이 오랜 세월이 흘러서 고체가 되었다.

청룡과 백호

자연이 혼자 저절로 생기겠는가?
생각해 보라 무지한 인간들아!

과학의 모든 철학이 성분과 요소가
조화로 이루어져 찬란함이라.

하늘의 숫자는 원문, 본문, 본도, 본질,
주독, 주역, 육갑 술, 수학, 숫자 1234
가 나왔다.

육갑 술은 숫자지만 조화를 가지고 있어
술이 들어가 있으며 육갑만 알아도
점을 칠 수가 있다.

조물주께서 만들어 놓은 좌청룡 우백호는
백호는 여자요 청룡은 남자다.

산도 이렇게 명기의 맥박이 뛰고 정기가
흐르고 돌고 존재한다.
이것이 철학으로 나온 학문이다.
절대 미신이 아니다.

눈

사람의 눈
수정체 동공은 만물의 형상을 거둬 넣는
그 보는 눈으로 말미암아 정신과 마음이
안정과 안식이 되어야 한다.

사람들이 사는 동네는 살기가 꽉 차 있지만,
천연의 자연의 과목의 세상을 보면 마음이
유해지며 내 정신도 윤택해지고 물도 더러운
물을 보면 상이 찌그려 지지만 맑고 깨끗한
물을 보면 아주 마음이 기쁘다.

청산에 흐르는 물을 보면 마음이 신선하고
산소도 시원하게 얼굴이 압력이 닿으니
느끼게 된다.

처음이자 마지막으로 강림한 조물주님의
귀한 참뜻이 이 땅에 멀지 않아서 때는
임박하고 시간은 촉박한 이때를 맞이하여
심판을 하실 날이 언젠가 올 것이라 생각된다.

심판

이 공간에 나타난 공간이 천지자유가
학문의 제도로써 이루어졌다는 이치와
의미를 분명히 알아야만 그 법도를 알 수 있다.

참된 뜻을 따라가는 자는 헛된 꿈속에서
살지 말고 지금은 살아있는 하늘의 역사가
발견되기 때문에 죽은 역사는 전부 뒤집어
지는 이때라는 것을 알고 살자.

지나간 역사는 추억이요 앞으로 오는 미래를
맞추어야 만이 된다는 것이다.
이 땅을 심판 할 때는 광선으로 치고
빛으로 치고 압력으로 누르면 물체가 사라지고
하늘 비행기가 치라 인데 무기 비행기이기 때문에
날아오면 물체가 녹아 버린다.

그 비행기는 하늘에 근원의 전자 분자가 붙어
있기 때문에 공간에는 공기 선을 거두었기
때문에 진공이 되어죽고 불로치고 수독으로
치고 물의 정기가 진도가 일어나니 살겠는가?

흑암아가 꽉 차면 흙바람이 불고 자연의
섭리를 인간이 막을 수 있겠나?
모두 가르고 쪼개면 마그마가 흘러서 와글 버글
끓으며 분화구를 뚫어서 녹아 없어지는 것
갖가지로 세세히 청소하실 것 같다.

소 환란

인간의 머리는 하늘을 상징하기 때문에
머릿속에 지능파가 무한정하게 오고 가고
신경파가 반짝반짝함으로써 좋은 마음을
먹어야 한다.

우리 인간은 죽은 역사 속에 살고 있기
때문에 환경의 지배를 받아서 밝지 못하고
깨어나질 못하고 있다.

죽은 역사 속에 산 역사가 발견되어
있기 때문에 지혜로운 자는 산 역사를
믿어야 한다.

이 땅에 처음이자 마지막으로 강림하신
귀한 분을 모르면 새 말씀을 선포하고
두 팔 벌리고 들어오길 바라지만 인간이
들어오지 않으면 상관을 하시겠는가?

끝 날에 믿음을 보겠느냐?
지금은 소 환란 이때를 맞이하여 알곡을
창고에 거두어들이는 운세가 왔다는 것을
느껴야 할 것이다.

성 쌓고 남은 돌

조물주 하나님이 주시는 생명의 젖줄을
먹고 살면서 그분의 아들따님이 죄를
졌다고 하는 자들이 살 수가 있겠는가?

오히려 불신자는 그분의 아들따님이 죄를
질 수가 없다고 하면 사상이 바로 박힌다.

소 환란 때는 알곡을 창고에 거두고 운세 따라
대 환란 때는 사면이 이적이 일어날 것인즉
이적을 행할 때 누군들 믿지 않겠는가?

그때는 이미 때는 늦으리로다.
이 땅에 주인이 완벽하게 다스릴 만왕이
분명히 강림하셨는데 코 골고 잠자고 있은즉

성 쌓는 곳에 쓰인 돌은 가치가 있지만
성 쌓고 남은 돌은 쓸데가 없다는 것을
알아야 할 것 같다.

생녹수

죽은 역사 속에 사는 지구의 공간의
인간은 늙으면 병들어 죽는다.

그러나
하늘 공간의 산 역사 속에 사는 분들은
병이 없을 수밖에 없다.
생녹수 진녹수 옥수 등등의 약물은
늙지 않는 것 오래 살수록 더 젊어지는 것이다.

인간 세상도 산중에 수도하는 자가
왜 젊은가 하면 산에 힘이라는 것
산삼을 캐 먹고 약물을 찾아다니며 먹고

정신을 닦다 보니까 어디가 약물이 있는 것을
알고 찾아 먹으니 힘이 나고 나중에는 쌀도
한 숟가락을 먹다가 약초만 캐 먹고 신선한
약으로만 먹으니 더 오래 사는 것이다.

그런 자들은 인간 속가의 사람들 하고는
적응이 안 된다. 신선하게 살았기 때문이다.

어둠 속에 빛이 있다.

우리 인간은 보이지 않는 무한정한 세계가
있지만 귀신 하나 제대로 볼 수가 없다.

만물의 형상을 거둬 넣는 수정체 동공이 있으나
보지 못하고 만물의 소리를 걷어 넣는 귀가 열려
있어도 듣지 못하니 한심한 일이로다.

우리의 뇌가 있어도 그것을 느끼지 못하는
심령을 가지고 있으니 정신은 혼돈되어서
멍해지고 마음은 구렁이에 빠져 헤매고 있으니
육신이 온전치 못하고 괴로울 수밖에 더 있는가?

육신은 정신과 마음의 종이기 때문에 만날 상을
찡그리고 사는 것 같다.

이 땅에 사람들은 누구를 물론하고 어둠 속에
빛이 있으나 그 어둠은 빛을 발견하지 못하더라.
피조만물이 모두 살아서 생동하고 동화작용 일치하고

흐르고 돌며 명기는 맥박이 튀고 정기는 돌고
사람 몸에 세부조직망처럼 피가 돌아도 알지 못하고
무식하기 때문에 미개하다는 것이고 미개 자가
무식할 수밖에 더 있는가 말이다.

주인만이 할 수 있다.

얼마나 인간이 미개하면 사람을 주라고
믿는 것인가? 귀가 막힐 일이다.

이 땅에 사람으로 왔다 간 성현들은 사람이
절대 주가 될 수가 없고 주의 사명이 무엇인지
알지도 못하고 주어도 감당도 못한다.

환경의 권위자로 천지간 만물을 자유자재
할 수가 있나?

공기와 산소를 공급을 할 수 있나?
기후와 기체를 조절 할 수 있나?
이러한 것을 주인만이 할 수가 있다.
그분이 주라는 것을 잊지 말자.

그런 분은 인간들 손에 죽지를 않는다는 것을 알라.
지금은 병 고쳐주고 안수하는 때도 아니고
자기가 스스로 갈고 닦아서 공간에 나타난 자연의
진리를 배우면서 가는 시대다.

이 땅에 성현이니 의인이니 유명한 이름이 많지만
한 사람도 알곡이 되지 못하고 죽어 버렸으니
헛됨이요, 죽은 역사의 비극이 비참함이라.

하늘의 산 역사처럼 아름답고 찬란하고 사랑의
낭만이며 쾌락의 즐거움이며 이러한 것은
있을 수가 없다는 말씀이다.

생불

생불이란?
생불은 영원불변하고 항상 생해 내고
젊은 그대로 죽지 않는 것이다.
바로 조물주님이 생불이시다.
인간을 생불이라고 함은 조물주를
모독함이라.

환경의 지배 권위자 조물주님은 생불로서
살아있는 힘의 존재 인이기 때문에
힘을 부르면 힘이 오고 진을 부르면
진이 오고 갑로진을 거뒀다 폈다 무한한
이적 속에서 조화 속에서 살기 때문에

신선하고 그 환경이 너무나 고귀하고
찬란하고 권위 권을 쥐고 권위를 내세워
천지간 만물지중을 다스리고 사랑할 수 있는
능력을 갖추었기 때문에 은혜로운 생불이시다.

그분이 구성 구상해서 설비하고 설치하셔서
원료와 모든 것을 웅장 웅대하게 이루셨으니
거창하고 경쾌하고 상쾌 통쾌하고 스릴 있고
완벽하다는 말씀이다.

갑로진 : 힘 막으로 보이지 않는 진을 치는 것

애곡소리

지구 공간의 바닷물은 파도 소리가
성나서 이쪽저쪽 구불 넘실대며
사납게 울부짖고 애곡 소리와
통곡 소리가 끊임없다.

하지만
조물주와 그분의 후손 신성님들이
사시는 천지락에는 바닷물이 찰랑찰랑
아름다운 음악 소리가 갖가지로 들린다.

어떻게 들리느냐?
자기 마음먹은 대로 음악 소리가 들리고
물이 춤을 추며 그러한 일엽 선에서
너의 배 내 배가 없이 천연으로 되어있어

누구든지 마음대로 타고 다니며 글을
읊고 걱정근심이 없고 쾌락한 상쾌하고
통쾌하니 이것이 바로 사랑의 낭만이다.

조물주님께서 피조만물을 이루어놓은
조화를 알고 나서 구름나라에 가서
구름 선을 탔을 때 낭만과 바닷물에서

일 엽선을 탔을 때 물체에 일어나는 것을
실감 나게 느끼고 동화작용 일치하는 것
까지 다 알고 그럼으로써 실감이 날 수
밖에 없다.

보석 같은 순결

김영길 제4시집

초판 1쇄 : 2017년 7월 18일

지 은 이 : 김영길

펴 낸 이 : 김락호

디자인 편집 : 이은희

기 획 : 시사랑음악사랑

인 쇄 : 청룡

연 락 처 : 1899-1341

홈페이지 주소 : www.poemmusic.net

E-Mail : poemarts@hanmail.net

정가 : 12,000원

ISBN : 979-11-86373-77-4